顺风缓缓吹送
在左方
与你同气的等雨燕婉转啼唤

云使

སྤྲིན་གྱི་ཕོ་ཉ། मेघदूतम्।

〔印度〕迦梨陀娑 著
罗鸿 译

北京大学出版社
PEKING UNIVERSITY PRESS

图书在版编目（CIP）数据

云使／〔印度〕迦梨陀娑著；罗鸿译．—北京：北京大学出版社，2011.5
（沙发图书馆·星经典）

ISBN 978-7-301-18795-1

I.①云… II.①迦… ②罗… III.①文学－诗歌－印度 IV.①I351.23

中国版本图书馆CIP数据核字（2011）第067767号

书　　名：云使
著作责任者：〔印度〕迦梨陀娑著　罗鸿译
责 任 编 辑：王立刚
装 帧 设 计：一瓢设计·yp2010@yahoo.cn
标 准 书 号：ISBN 978-7-301-18795-1/I·2333
出 版 发 行：北京大学出版社
地　　址：北京市海淀区成府路205号　100871
网　　址：http://www.pup.cn　电子邮箱：sofabook@163.com
电　　话：邮购部62752015　发行部62750672
　　　　　出版部62754962　编辑部62755217
经 销 者：新华书店
印 刷 者：三河市北燕印装有限公司
开　　本：720mm×1020mm　16开本　14.75印张　15千字
版　　次：2011年5月第1版　2011年5月第1次印刷
定　　价：29.00元

雨云行程图

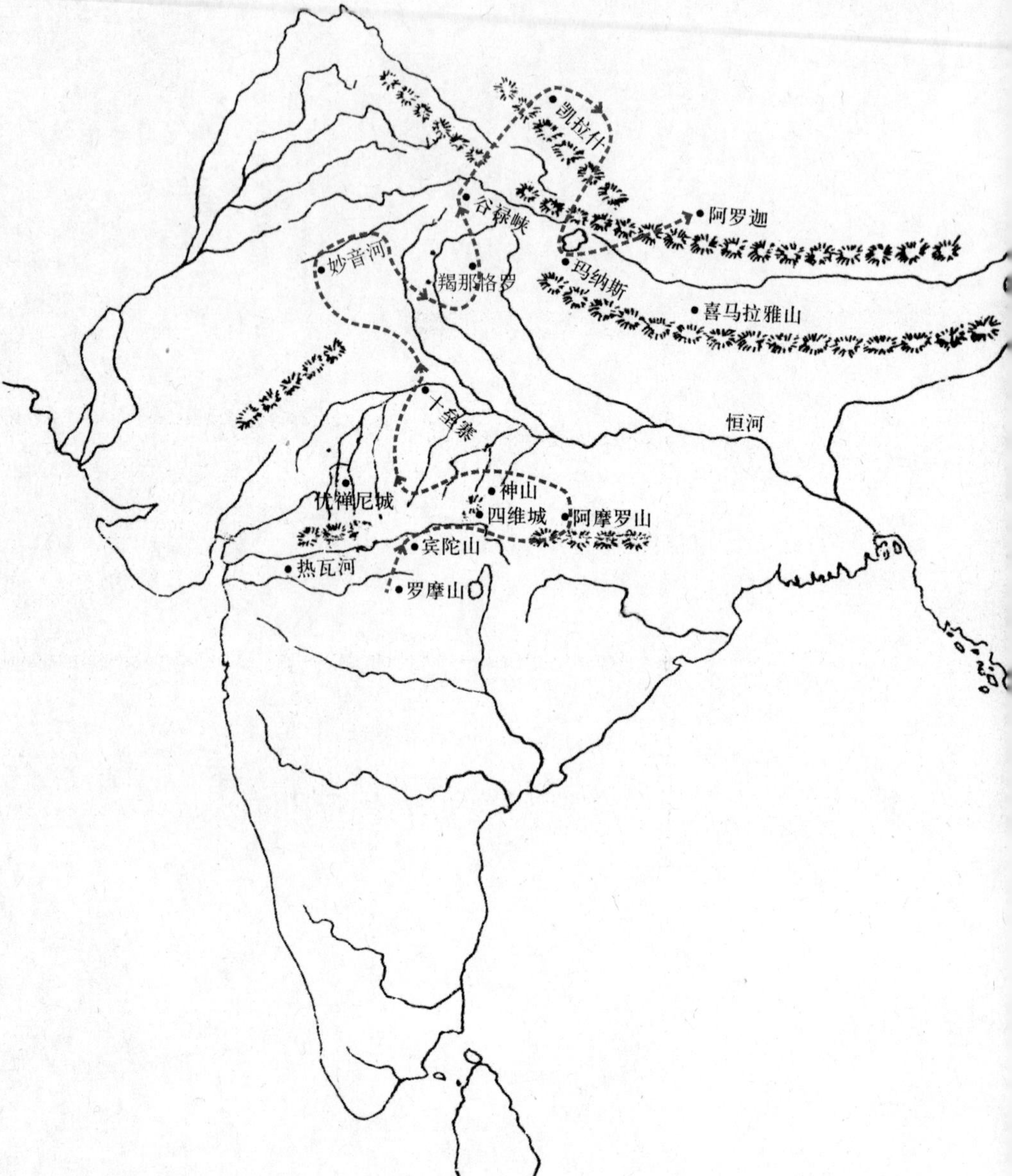

凯拉什
谷禄峡
阿罗迦
妙音河
羯那洛罗
玛纳斯
喜马拉雅山
十车寨
恒河
神山
优禅尼城
四维城
阿摩罗山
宾陀山
热瓦河
罗摩山

目录

前　言

《云使》(Meghadūta) 是印度5世纪诗人和剧作家迦梨陀娑 (Kālidāsa)[1] 创作的一部抒情诗，共111首，[2] 用统一的韵律：缓转格 (Mandākrāntā)[3] 写成，通常分为前云和后云两部分。[4]

诗中描写一个夜叉（Yakṣa）因疏忽职守而被主人俱毗罗天（Kubera）责罚，前往南方罗摩山（Rāmagiri）中静居思过，被迫与爱妻分别一年。在雨季即将来临之际，为了不让妻子因相思而憔悴，他恳请一片雨云为居住在喜马拉雅山间的妻子带去自己平安的讯息。诗人借夜叉之口，循着雨云北行的路线向读者展示一路的景观，同时着力敷陈夜叉和妻子之间缠绵悱恻、忠贞不渝的爱情。《云使》构思奇丽，意象鲜明，语言优美，韵律和谐，是梵语文学史上的一座高峰。

1 关于迦梨陀娑的生平，作品和创作风格，读者可以参看 De 1956：5-32，徐梵澄 1957 跋，金克木 1999b：290-292，黄宝生 1999：202-206。笔者在《迦梨陀娑〈时令之环〉汉藏译注与研究》一书的前言中也有一个概要的介绍，可以提供参考，这里不再赘述。

2 这里根据 De 1957。关于这一点，各种不同版本之间差异较大，从110首到127首不等，参看：De 1957：xxv。

3 徐梵澄先生译语。

4 这样的划分是原文中所没有的，因为早期的注释并没有对文本作这样的分章（参看：De 1957：59），不过这样的划分后来被普遍接受并沿用下来了。徐梵澄先生也指出了这一点，但他认为这个分法是合理的（徐梵澄 1957：84），因而在译文中加以采用，金克木先生的译本也分为前云和后云两部分。

运用文献学的方法校勘出版的《云使》文本主要有 Wilson 1813，Gildemeister 1841，Stenzle 1874 和 De 1957。校勘者均系著名的印度学家。其中 Wilson 1813 代表了孟加拉系注释中流传的文本，此后的 Gildemeister 1841 和 Stenzle 1874 基本沿袭这一体系，只是对其中的一些伪作作了进一步的甄别。De 1957 的校勘者苏悉·库玛·德博士（Dr. Sushil Kumar De）是印度著名的版本学家，参与了《摩诃婆罗多》的校勘工作。他根据不同传承体系的写本，注释引文和文集选本所作的这个精校本是一个可靠的文本。[5]

《云使》的注释很多，[6] 其中瓦喇钵提婆（Vallabhadeva，10 世纪前半期）的《难语释》（Pañjikā）是目前所知的最早的注释，校勘本有 Hultzsch 1911。[7] 流传最广的注释本是摩利那特（Mallinātha，14 世纪）的《更生注》（Sañjīvinī），有 Godbole B.A. & Parab 1890 可以参考。另外达克悉瓦答那拓（Dakṣiṇāvartanātha，13 世纪）的《明灯注》（Pradīpa）也是很重要的注释，校勘本可以参考 Unni 1984。

14 世纪，印度般智达善慧祥（Sumanaśrī）和藏族译师菩提顶（Byang chub rtse mo），天禧（Nam mkha' bzang po）合作完成了《云使》的藏译

5 关于《云使》校勘本的情况，读者可以参看阿尔伯特•魏茨勒教授（Prof. Albrecht Wezler）为 Hultzsch 1911 所作的序言。

6 苏悉•库玛•德博士在 De 1957 中列有一个精选的书目（De 1957：83-92）。阿尔伯特•魏茨勒教授在 Hultzsch 1911 的序言中（Hultzsch 1911：x-xi）列举了 11 种重要的注释。

7 关于瓦喇钵提婆的年代、著作等，读者可以参考 Hultzsch 1911：xvii-xviii，De 1957：iv，Goodall & Isaacson 2003：xv-xxi。

本（sPrin gyi pho nya）。[8]另外蒙文丹珠尔中存有《云使》的蒙译本（Egülen ǰarudasun kemegdekü），这是从藏译本转译的。

1813年，英国东方学家Horace Hayman Wilson（1786—1860）把《云使》译成了英文；1817年，法国学者Antoine-Léonard de Chézy（1773—1832）发表了《云使》的译文和评介；1847年德国梵学家Max Müller（1823—1900）把它译成了德文。

迄今为止，[9]《云使》的汉译本有两个，分别出自金克木先生和徐梵澄先生。金先生的译本于1956年由人民文学出版社出版，采用了摩利那特的梵文注释本为底本。这个译本清新自然，非常忠实于原文，只对诗中的专有名词作了一些简化的处理。[10]

徐先生的译本于1957年在印度的捧地舍里（Pondicherry）出版，他在序和跋中没有明确说明所用的底本，根据译文判断，所用应

8《云使》的藏译有现代学者的校勘本可以参考：Beckh 1907。国内出版的与《云使》有关的藏文书籍有多识教授的《〈云使〉浅释》（Dor zhi gdong drug snyems blo 1988），诺章吴坚教授的《〈庆云使者〉注解》（Nor brang o rgyan 2004）。另外还有一个藏文古译和金克木先生汉译的合刊本（rDo sbis Tshe ring rdo rje 2006:《sPrin gyi pho nya》bod rgya shan sbyar ma《〈云使〉藏汉对照本》），Bod ljongs mi dmangs dpe skrun khang（西藏人民出版社）。

9 在浙江天台山藏有几个梵文写本残卷，其中一个抄有迦梨陀娑的传说和《鸠摩罗出世》、《罗怙世系》以及《云使》的开篇诗。根据字体学判定，这个写本书成于13世纪之后，这是目前迦梨陀娑诗歌在中国汉地流传的文本证据。关于更多细节，可以参看：Finot 1933。

10“原文中神的各种称号，云的别名等等在译文中都简化了，没有处处分别照译。”（金克木1999b：146）

当也是摩利那特的注释本。用徐先生的话来说，这个译本是“古体诗百二十首”，它行文典雅，并有不少的注释，对诗中的鸟兽虫鱼和典故作了考证和说明，译文中对原文的有些地方作了一些增删。[11]

此次翻译中以苏悉·库玛·德博士的校勘本为底本，没有划分章节，并采取了梵藏汉合刊的形式。译文尽量保留了原文的句式和构词特点。除去每首诗固定译为七句外，汉译没有格律方面的任何限制，译文的断句是根据汉译的行文节奏安排的。译文的注释主要依据《更生注》，同时参考了《明灯注》、《难语释》和其他相关资料。译文中的音写主要根据《梵和大辞典》，个别的出自译者。有的译名同时给出了徐梵澄先生和金克木先生的译法，并分别标出。诗中言及的植物和动物也都尽量附上相应的拉丁文学名。希望这些努力能够为读者提供一个更接近原文，更详尽的译注本。

最后，作为这次再译《云使》的理由，也作为就此打住的理由，我引用徐梵澄先生在《行云使者》跋中的最后一段话：

“一作而传数译，亦经典文学常例，不必谓谁本之谁。虽然，我国传天竺之教，早于西欧千余年，近代于其学术研究，乃落后几二百年，是则学林有知所当用力者矣。”

罗鸿

2010 年 9 月 24 日

11 “……必不得已乃略加点缀润色，而删削之处不少，迄今亦未尽以为允当也，姑存古体诗百二十首如此。”（徐梵澄 1957 译者序）

कश्चित्कान्ताविरहगुरुणा स्वाधिकारात्प्रमत्तः
शापेनास्तंगमितमहिमा वर्षभोग्येण भर्तुः ।
यक्षश्चक्रे जनकतनयास्नानपुण्योदकेषु
स्निग्धच्छायातरुषु वसतिं रामगिर्याश्रमेषु ॥

རྗེ་བོ་ཁྲོས་པས་ཤིན་ཏུ་ལྕི་བའི་བཀའ་ལུང་དག་གིས་གཟི་བརྗིད་
ཉམས་པར་བྱས་གྱུར་ཅིང་།།

གནོད་སྦྱིན་འགའ་ཞིག་ལས་ནི་རང་ཉིད་བག་མེད་དབང་གྱུར་
མཛེས་མ་སྦྱོང་ལ་ལོ་ཡི་བར།།

ཡིད་འོང་སྐྱེད་བྱེད་བུ་མོའི་ཁྲུས་བྱ་བསོད་ནམས་ཆུ་བོ་རྣམས་
དང་ཤིན་ཏུ་རབ་མཛེས་པའི།།

རབ་བཟང་ལྗོན་ཤིང་གྲིབ་མ་དང་ལྡན་རཱ་མའི་རི་བོར་སོང་ལ་
སྤྱོད་པས་གནས་པར་གྱིས།།

一个夜叉疏忽了职守
他被主人诅咒
要有一年失去神力
住在罗摩山的静修林
那里有阴影浓密的纳美树
清池盛满福祉
因为阇那伽王的女儿曾经沐浴

1 夜叉：Yakṣa，一类看守宝库的小神仙。

疏忽了职守：svādhikārāt pramattaḥ，诗中的夜叉为他的主人财宝天神毗沙门天看守园林，因为他的疏失，帝释天的大象闯进园中，踏毁了花木。（Wilson 1813：2）

3 失去神力：astaṃgamitamahimā，他不能飞去爱人的身边。

4 罗摩山：Rāmagiri，英雄罗摩被放逐时曾经居住的地方，可能是距 Nagpur 不远的 Ramtek。（De 1957：35）

5 纳美树：Chāyātaru，又名 Nameru，学名 *Elaeocarpus ganitrus*。也可以只按字面意思理解为："阴影浓密的树木"。

7 阇那伽王的女儿：Janakatanayā，罗摩的妻子悉达，悉达沐浴过的清池能带来福祉。

तस्मिन्नद्रौ कतिचिदबलाविप्रयुक्तः स कामी
नीत्वा मासान्कनकवलयभ्रंशरिक्तप्रकोष्ठः।
आषाढस्य प्रथमदिवसे मेघमाश्लिष्टसानुं
वप्रक्रीडापरिणतगजप्रेक्षणीयं ददर्श॥

འདོད་ལྡན་དེ་ནི་མཛེས་མ་སྤངས་ཤིང་ཟླ་བ་འགའ་ཡིས་རི་བོ་
དེར་ནི་ཕྱིན་བྱས་པས།།

ལག་པ་ཕྲ་བར་གྱུར་ནས་གསེར་གྱི་གདུ་བུ་དག་ནི་དཔུང་པའི་
བར་དུ་རྒྱུ་བར་བྱེད།།

ཆུ་སྟོད་ཟླ་བ་རྫོགས་པའི་ཉིན་ལ་སྤྲིན་རྣམས་རི་ཤོད་རི་སྟེང་ཉལ་
བར་གྱུར་པ་ནི།།

མཆོག་ཏུ་རོལ་ཅིང་མཛེས་པར་གྱུར་པའི་གླང་ཆེན་ཡིན་ནམ་
སྙམ་དུ་རྟོག་ཅིང་མཐོང་བར་གྱུར།།

这多情人与娇弱的爱人分离
在山中度过了数月
臂上的金钏已然褪落
阿沙月的第一天
他看见一朵云倚在峰顶
秀美的云仿佛巨象
弯下身躯戏触山岩

3 臂上的金钏已然退落：kanakavalayabhraṃśariktaprakoṣṭhaḥ，因为消瘦，赤金的环饰从夜叉的前臂滑落。

4 阿沙月：Āṣaḍha，雨季的第一个月，约合公历六至七月。

7 戏触山岩：vaprakrīḍā，大象喜欢用牙抵触堆积物，以此为戏。

तस्य स्थित्वा कथमपि पुरः केतकाधानहेतोर्

अन्तर्बाष्पश्चिरमनुचरो राजराजस्य दध्यौ।

मेघालोके भवति सुखिनो ऽप्यन्यथावृत्ति चेतः

कण्ठाश्लेषप्रणयिनि जने किं पुनर्दूरसंस्थे॥

ནོར་སྦྱིན་རྒྱལ་པོའི་རྗེས་འབྲང་དེ་ལྟར་གནས་ཏེ་མདུན་དུ་གེ་ཏའི་མེ་ཏོག་རྒྱས་སྟོབས་ཀྱིས།།

ནང་དུ་ཡིད་ལ་རབ་ཏུ་གདུང་བའི་མཆི་མ་ཡུན་རིང་དག་ཏུ་ཅི་ཡང་བྱུང་གྱུར་ཏེ།།

མགྲིན་པར་འཁྱུད་བྱ་དགའ་མ་རིང་ན་གནས་པར་གྱུར་པའི་སྐྱེ་བོའི་སེམས་ལ་ནི།།

ཆུ་འཛིན་མཐོང་ན་བདེ་ལྡན་ཡང་ནི་རྣམ་པ་གཞན་དུ་གདུང་བ་ཅི་ཡང་འཇུག་པར་འགྱུར།།

勉力站在这启人思恋的云朵前
毗沙门天的仆从忍住泪
久久想念
看见浮云
欢会的人也心酸
更何况是远别的行客
渴望与爱人拥颈缱绻

1 启人思恋的：ketakādhānahetoḥ，云伴随雨季而来，雨季是回家的季节，云来会让人渴望欢聚。

2 毗沙门天的仆从：anucaro rājarājasya，夜叉的藻饰词。毗沙门天是掌管财宝的天神，夜叉是他的仆从。

5 欢会的人：sukhinaḥ，直译：幸福的人（金），安乐人（徐），这里指与爱人相聚的人（priyādijanasaṃgatasya | Cм：4）。本译文会常列出金克木、徐梵澄两位先生的译文作参照，简写作（金）、（徐），下同。

प्रत्यासन्ने नभसि दयिताजीवितालम्बनार्थी

जीमूतेन स्वकुशलमयीं हारयिष्यन्प्रवृत्तिम्।

स प्रत्यग्रैः कुटजकुसुमैः कल्पितार्घाय तस्मै

प्रीतः प्रीतिप्रमुखवचनं स्वागतं व्याजहार॥

དབྱར་དུས་ཟླ་བ་གཉིས་པ་འོངས་པར་གྱུར་ཚེ་བརྩེ་ལྡན་མ་ཡི་
ཆེད་དུ་སྒྲོག་འཆང་བ།།

དེ་ལ་ཆར་སྤྲིན་དག་གིས་རང་ཉིད་བདེ་འམ་ཞེས་པའི་ཚིག་འདི་
ཁྱེར་ནས་འཇུག་པ་བཞིན།།

ཀུ་ཏ་ཛ་ཡི་ཆུ་སྐྱེས་འཛུམ་པ་རྣམས་ཀྱིས་དེ་ལ་མཆོད་པའི་ཆེད་
དུ་དགའ་བྱེད་བཞིན།།

མཛའ་བ་མངོན་དུ་གྱུར་པའི་ཚིག་ནི་དེ་ལ་ལེགས་པར་འོངས་
སམ་དགའ་བཞིན་བརྗོད་པ་བཞིན།།

室罗筏拏月临近 1

要维系爱人的生命 2

他遣载雨带去平安的讯息 3

敷陈新开的曲生花 4

作为款待 5

满怀喜悦 6

他婉语说："善来" 7

1 室罗筏拏月：Nabhas，即：Śrāvaṇa，这里用了音写。雨季的第二个月，相当公历七到八月。

2 要维系爱人的生命：dayitājīvitālambanārthī，怕她憔悴。

3 载雨：Jīmūta，"运载雨水的"，云的藻饰词。

4 曲生花：Kuṭaja，学名 *Wrightia antidysenterica*。又释为野茉莉（金）（girimallikā Cm：5），或译为药草（徐）。

5 款待：Argha，向尊贵的人或者神祇献上的表达敬意的礼物，通常包括 8 种：水，奶，吉祥草尖，酸奶，油，米，麦和白芥子。山居的夜叉铺设鲜花表达对云的礼敬。（Wilson 1813: 5-6）

7 说："善来"：svāgataṃ vyājahāra，这是夜叉向云问讯平安："一向可好？"

धूमज्योतिःसलिलमरुतां संनिपातः क्व मेघः
संदेशार्थाः क्व पटुकरणैः प्राणिभिः प्रापणीयाः।
इत्यौत्सुक्यादपरिगणयन्गुह्यकस्तं ययाचे
कामार्ता हि प्रकृतिकृपणाश्चेतनाचेतनेषु॥

གང་དུ་དུ་བ་གཟི་ལྡན་ཆུ་གཏེར་སྐྱུར་འགྲོ་རྣམས་ཀྱི་ཚོར་བ་ལས་ནི་ཆར་སྤྲིན་ཏེ།།

གང་དུ་མཁས་པའི་བྱེད་པ་རྣམས་དང་སྲོག་རྣམས་ཀྱིས་ནི་ལེགས་བཤད་ཆེད་དུ་ཐོབ་པར་བྱེད།།

ཅེས་པ་མཆོག་ཏུ་དགའ་བས་གསང་བ་པ་ནི་དེ་ལ་ཡོངས་སུ་མི་ཤེས་གང་གིས་ནི།།

འདོད་པའི་དོན་དུ་མཁས་དང་མི་མཁས་རྣམས་དང་སེམས་ལྡན་སེམས་མེད་རྣམས་ལ་ཞུ་བར་བྱེད།།

云彩只是
烟霞，辉光，水露和飘风的聚合
讯息要有感官伶俐的生灵才能传达
因为期盼
不假思索的密迹天向它启请
被爱折磨的人心智迟钝
不能够辨别有情与无情

3 感官伶俐的生灵：paṭukaraṇaiḥ prāṇibhiḥ，没有感知的云无法传递夜叉的讯息。

5 密迹天：Guhyaka，“守护财宝的”，夜叉的藻饰词。

7 有情：Cetana，有生命的，有感知思维的。
无情：Acetana，没有生命的，没有感知思维的。

जातं वंशे भुवनविदिते पुष्करावर्तकानां

जानामि त्वां प्रकृतिपुरुषं कामरूपं मघोनः।

तेनार्थित्वं त्वयि विधिवशाद्दूरबन्धुर्गतो ऽहं

याञ्चा मोघा वरमधिगुणे नाधमे लब्धकामा॥

ཁྱོད་ནི་རིགས་མཆོག་དང་ལྡན་མཆོད་སྦྱིན་བརྒྱ་པའི་བློན་པོ་
མཆོག་སྐེ་འདོད་འཛིའི་ངོ་བོ་ཉིད།།

ས་གསུམ་མཐའ་དག་རིག་ཅིང་བསྐལ་པར་འཇུག་པའི་ཆེ་བའི་
ཆུ་འཛིན་ཉིད་དུ་བདག་གིས་ཤེས།།

དེས་ན་ཁྱོད་ནི་དོན་གཉེར་ཉིད་ལ་སྐལ་པའི་དབང་གིས་དམན་
མིན་འདོད་པ་ཐོབ་པ་ཉིད།།

མཆོད་སྦྱིན་འབྲས་མེད་བདག་གི་རིང་གནས་གཉེན་འདུན་དག་
ཏུ་ཡོན་ཏན་མཆོག་དབང་ཁྱོད་གཤེགས་མཛོད།།

我知道 1

你生在截翼卷云的名门 2

是帝释天的重臣 变化随心 3

我因命运的播弄远离家人 4

只能向你启请 5

求告有德者纵使没有结果 6

也胜过求告无行者而有成 7

2 截翼卷云：Puṣkarāvartaka，印度传统的往事书中把云分成三类：从火而生的、从梵天的呼吸而生的和从被因陀罗截断的山的翅膀而生的，夜叉遇见的云属于第三类，体型巨大并且充满雨水。（Wilson 1813: 7-8）或音写为“濮史羯那”（徐），或意译为“洪潦垂天”（徐），或译为“雨云卷云”（金）。

3 帝释天：Maghavan，天界的主宰因陀罗，掌管降雨。

重臣：prakṛtipuruṣam，截翼卷云辅佐因陀罗降雨给大地。

变化随心：kāmarūpam，可以随意变幻形态，越过各种碍阻。

संतप्तानां त्वमसि शरणं तत्पयोद् प्रियायाः

संदेशं मे हर धनपतिक्रोधविश्लेषितस्य।

गन्तव्या ते वसतिरलका नाम यक्षेश्वराणां

बाह्योद्यानस्थितहरशिरश्चन्द्रिकाधौतहर्म्या॥

ཀྱ་ཡེ་ཆུ་ལྡན་ཁྱོད་ནི་ཤིན་ཏུ་གདུངས་གྱུར་སྐྱབས་ཉིད་དེ་ཕྱིར་
བདག་གི་དགའ་མ་ལ།།

གཏེར་གྱི་བདག་པོ་ཆེས་ཆེར་ཁྲོས་པས་འབྲུམས་ཤིང་བྲལ་བ་
བདག་གི་ཕྲིན་ནི་མཛོད་དུ་གསོལ།།

ཕྱི་རོལ་སྐྱེད་ཚལ་མཆོག་གནས་འཕྲོག་བྱེད་གཙུག་གི་ཟླ་བའི་
འོད་ཀྱིས་སྣང་བྱས་ཁང་བཟང་ཅན།།

གསང་བའི་བདག་པོའི་ལྕང་ལོ་ཅན་ཞེས་བྱ་བའི་གནས་སུ་ཁྱོད་
གཤེགས་མཛོད།།

施雨！受煎熬的人倚靠你
把我的讯息带给爱人！
愠怒的财富主使我和她分离
你要去到
夜叉主的住地阿罗迦
湿婆在郊外的苑囿中驻足
华屋顶沐浴他月冠的光华

1 施雨：Payoda，“布施雨露的”，云的藻饰词，夜叉用这个名称敦促云。

3 财富主：Dhanapati，“财宝的主人”，即毗沙门天，又译作增长天或恶身，即下文提到的夜叉主。

5 夜叉主：Yakṣeśvara，夜叉的主人。
阿罗迦：Alakā，毗沙门天居住的城池，在传说中的凯拉什山的山腰。（De 1957：37）或意译为“宝观”（徐）。

6 湿婆：Hara，主司毁灭和创造的大神，常住在凯拉什山中，是毗沙门天的密友。

7 月冠的光华：śiraścandrikā，湿婆头戴新月为饰。

त्वामारूढं पवनपदवीमुद्गृहीतालकान्ताः

प्रेक्षिष्यन्ते पथिकवनिताः प्रत्ययादाश्वसन्त्यः।

कः संनद्धे विरहविधुरां त्वय्युपेक्षेत जायां

न स्यादन्योऽप्यहमिव जनो यः पराधीनवृत्तिः॥

ཁྱོད་ནི་དྲི་བཞོན་བཞོན་པ་དང་ལྡན་མཁས་ལམ་གཤེགས་པའི་
དབང་གིས་ལམ་བགྲོད་མཛེས་མ་རྣམས།།

བསམ་པ་དགའ་བར་གྱུར་ཏེ་ལན་བུའི་རྩེ་མོ་རྒྱབ་ཏུ་བྱས་ནས་
བལྟ་ཞིང་གུས་པར་བྱེད།།

ཁྱོད་འོངས་ཚེ་ན་བྲལ་བས་མཆོག་ཏུ་ཉེན་ཅིང་གཡོག་བཞིན་
གཞན་དབང་གྱུར་པ་བདག་འདྲ་དང་།།

གང་ཞིག་གཞན་ཡང་མཛེས་མའི་སྐྱེ་བོ་སུ་ཞིག་གུས་པ་རྒྱ་ཆེན་
བྱེད་མི་འགྱུར།།

当你展足巽风行走的路径
行人的妻子会举目望你
因宽慰而畅怀 她们盘起了发缕
你束装时
谁会冷落被离别羁困的妻子?
除去和我一样无由自主的
再没有别人

1 巽风行走的路径：Pavanapadavī，“风之路”，天空的藻饰词。

3 盘起了发缕：udgṛhītālakāntāḥ，离别时，丝丝秀发披散在双颊，看到云来，想到即将回转的爱人，别妇们倍感宽慰，为了举目望云，她们盘起了散乱的发缕。

4 束装时：saṃnaddhe，云吸满水，带着闪电准备在天际遨游时。或译作“密迩”（徐），或译作“在”（金）。

मन्दं मन्दं नुदति पवनश्चानुकूलो यथा त्वां
वामश्चायं नदति मधुरं चातकस्ते सगन्धः।
गर्भाधानक्षणपरिचयान्नूनमाबद्धमालाः
सेविष्यन्ते नयनसुभगं खे भवन्तं बलाकाः॥

དལ་བུ་དལ་བུས་བསྐྱོད་པའི་དྲི་བཞོན་དག་གིས་ཁྱོད་ལ་རྗེས་
མཐུན་ཞབས་ཏོག་བྱེད་པ་བཞིན།།

སྨྲོས་པའི་ཙཱ་ཏ་ཀ་འདི་འང་ཁྱོད་ལ་སྙན་པའི་བསྟོད་པ་གཡོན་
ནས་སྒྲོག་པ་དང་།།

ཆུ་སྐྱུར་མཛེས་མ་རྣམས་ཀྱང་སྐལ་བཟང་མིག་གིས་མཁའ་ལ་
ཁྱོད་མཐོང་ཕྲེང་བར་བྱས་ནས་བསྟེན།།

ངེས་པར་མངལ་ནི་རབ་ཏུ་འཛིན་པ་ཡོངས་སུ་གསལ་བ་ཉིད་དུ་
བྱ་བ་བཟོད་པར་ནུས།།

顺风缓缓吹送
在左方
与你同气的等雨燕婉转啼唤
熟稔受胎的时节
水扎子结成一缕长鬘
悦目的你在空中
有它们随侍

1 顺风：pavanaś cānukūlaḥ，顺风预示愿望会实现。

2 在左方：vāmaḥ，通常右方是吉祥的方位，但在等雨燕是例外，从左方传来的等雨燕的叫声是吉祥的。（Wilson 1813：12）

3 同气的：sagandhaḥ，云是等雨燕的契友，给它们带来纯净的雨滴。
等雨燕：Cātaka，学名 *Cucculus melanoleucus*，它们只喝未曾着地的雨滴。或译为“戴鵀”（徐），或译为“饮雨鸟”（金）。

4 熟稔受胎的时节：garbhādhānakṣaṇaparicayāt，传说水扎子会因云而受胎。

5 水扎子：Balākā，一种鹤，雨季是它们繁衍的季节。

तां चावश्यं दिवसगणनातत्परामेकपत्नीम्

अव्यापन्नामविहतगतिर्द्रक्ष्यसि भ्रातृजायाम्।

आशाबन्धः कुसुमसदृशं प्रायशो ह्यङ्गनानां

सद्यःपाति प्रणयि हृदयं विप्रयोगे रुणद्धि॥

བདག་གི་མཛེས་མ་དེ་ཡང་ཉིན་ཞག་གྲངས་བཞིན་བདག་པོ་གཅིག་པུ་ཡིད་ལ་འདྲི་བར་ནི།།

གདོན་མི་ཟ་བར་མྱུར་དུ་གཤེགས་ཏེ་བདག་ནི་མ་ཤི་བ་ཉིད་ཁྱོད་ཀྱིས་བསྟན་པར་མཛོད།།

གང་ཕྱིར་འཕྲེལ་ལ་ཆུ་སྐྱེས་ཕལ་ཆེར་ཕྲེང་བས་བཅིངས་པས་ལྷུང་བ་མེད་པར་སྲུར་པ་བཞིན།།

ལྷ་མོའི་སྙིང་གི་དགའ་བ་བྲལ་ལས་ལྷུང་བ་འཕྲུལ་ལ་འགོག་ཅིང་མཛའ་བས་འཆིང་བར་བྱེད།།

行路无阻的你
会看到兄弟的妻子
她安然无恙 矢志不渝 执着计日
离别时
希望的绳索能维系
女子如娇花一般的柔心
只一瞬 它或许就凋零

2 兄弟的妻子：bhrātṛjāyām，夜叉称云为兄弟。

3 执着计日：divasagaṇanātatparām，专心计数离别的日子。

कर्तुं यच्च प्रभवति महीमुच्छिलीन्ध्रामवन्ध्यां

तच्छ्रुत्वा ते श्रवणसुभगं गर्जितं मानसोत्काः ।

आ कैलासाद्बिसकिसलयच्छेदपाथेयवन्तः

संपत्स्यन्ते नभसि भवतो राजहंसाः सहायाः ॥

གང་ཞིག་ཁྱོད་ཀྱིས་འབྲུག་སྒྲ་བསྒྲགས་པ་དེ་ནི་སྐལ་བཟང་རྣ་
བས་ཐོས་གྱུར་ནས།།

མཆོག་ཏུ་རྒྱས་པའི་མེ་ཏོག་དག་གིས་ས་གཞིའི་ཆེད་དུ་གདུགས་
དག་བྱས་པར་སྒྱུར་པ་ཉིད།།

ཁྱོད་ནི་ནམ་མཁའ་དག་ལ་གཤེགས་ཚེ་དགའ་བའི་ཡིད་ཀྱི་
མཚོ་དང་གངས་ཅན་བར་ལ་ནི།།

པདྨའི་རྩ་བ་ལོ་མའི་ལམ་རྒྱགས་ལྡན་པའི་ངང་པའི་རྒྱལ་པོ་
རྣམས་ཀྱང་གྲོགས་སུ་འགྱུར།།

你低沉的雷吟 1

让土地膏腴 覃菌滋衍 2

听到这悦耳的音声 3

雁王便往玛纳斯湖振翼 4

直到冰雪皑皑的凯拉什山 5

它们以莲芽的嫩屑为餐 6

在空中与你为伴 7

2 覃菌滋衍：ucchilīndhrām，云中的沉雷唤醒大地，万物滋荣。

4 雁王：Rājahaṃsa，身色洁白，有红色的喙和脚掌的大雁，可能是 Phoenicopteros 或 flamingo。（Wilson 1813：13）

玛纳斯湖：Mānasa，位于凯拉什山正南面的圣湖，是雁王栖止的地方。（De 1957：37）

5 凯拉什山：Kailāsa，传说中的大雪山，距玛纳斯湖的北沿 16 英里。（De 1957：37）或意译为“宝晶岭”（徐）。

आपृच्छस्व प्रियसखममुं तुङ्गमालिङ्ग्य शैलं
वन्द्यैः पुंसां रघुपतिपदैरङ्कितं मेखलासु।
काले काले भवति भवता यस्य संयोगमेत्य
स्नेहव्यक्तिश्चिरविरहजं मुञ्चतो बाष्पमुष्णम्॥

ར་གྷུའི་བདག་པོའི་ཞགས་ཀྱིས་མཚན་པའི་རི་ངོས་རྣམས་ལ་
སྐྱེ་བོ་ཀུན་གྱིས་ཕྱག་བྱེད་པའི།།

ཚེ་བའི་རི་བོ་འདི་ནི་ཁྱོད་ཀྱི་དགའ་བའི་གྲོགས་བཟང་ཁྱོད་ཡོང་
འཁྱུད་པ་སྤོན་འགྲོ་བའི།།

མཛའ་བ་གསལ་བྱས་ཡུན་རིང་འབྲལ་ལས་བྱུང་བའི་མཆི་མ་
དྲོ་བའང་འབྱུང་བ་ཡོངས་མཐོང་ལ།།

ཁྱོད་དང་གང་དེ་དུས་དུས་དག་ཏུ་ཡང་དག་འཛལ་འགྱུར་ཞེས་
ནི་བྱས་ནས་ཁམས་བདེ་མཛོད།།

拥抱那高峻的雪岭
向这契友致礼！
罗怙先祖令人崇敬的足迹
印在山腰
年复一年
与你久别重逢时洒下的热泪
是挚情的宣示

3 罗怙先祖：Raghupati，英雄罗摩，他是罗怙王族的祖先，曾在凯拉什山中居住。

5 年复一年：kāle kāle，直译：“时时”。这里指每年的雨季。

7 挚情的宣示：snehavyaktiḥ，层云和雪山相遇时降下的暖雨仿佛在倾诉他们久别的情愫。

मार्गं तावच्छृणु कथयतस्त्वत्प्रयाणानुरूपं

संदेशं मे तदनु जलद श्रोष्यसि श्रोत्रपेयम्।

खिन्नः खिन्नः शिखरिषु पदं न्यस्य गन्तासि यत्र

क्षीणः क्षीणः परिलघु पयः स्रोतसां चोपयुज्य॥

ཀྭ་ཡེ་ཆུ་འཛིན་རེ་ཤིག་ཁྱོད་ནི་ལམ་ལ་བགྲོད་པའི་ཐབས་ཀྱི་
གཏམ་ནི་ཉན་པར་མཛོད།།

དེ་ཡི་རྗེས་སུ་བདག་གི་ཕྲིན་ནི་རྣ་བའི་བདེ་སྐྱེས་ཁྱོད་ཀྱི་རྣ་བས་
གཟུང་བར་མཛོད།།

ཤིན་ཏུ་ངལ་ཞིང་རབ་ཏུ་ངལ་ཚེ་རི་བོའི་རྩེ་ལ་རྐང་བཀོད་ངལ་
བ་བསལ་ནས་གཤེགས།།

གང་དུ་སྐོམ་ཞིང་ཤིན་ཏུ་སྐོམ་ན་ཉུང་ངུའི་ཆུ་དང་ཆེ་བའི་མཚོ་
ལའང་བཏུང་བར་བྱ།།

布雨！
且听我讲给你路径
它正同于你的前行
然后听我的讯息
它入耳如同甘霖
要倦了 在群峰顶落落脚便行
要瘦了 轻软的流水可以为饮

1 布雨：Jalada，“布洒雨露的”，云的藻饰词。

3 同于你的前行：tvatprayāṇānurūpam，一路往北。

6 在群峰顶落落脚：śikhariṣu padaṃ nyasya，云倚着群峰歇息。

7 轻软的流水：parilaghu payaḥ srotasām，融雪的径流，没有世间的尘垢，所以清轻适喉。

अद्रेः श्रृङ्गं हरति पवनः किं स्विदित्युन्मुखीभिर्

दृष्टोत्साहश्चकितचकितं मुग्धसिद्धाङ्गनाभिः।

स्थानादस्मात्सरसनिचुलादुत्पतोदङ्मुखः खं

दिङ्नागानां पथि परिहरन्स्थूलहस्तावलेपान्॥

ཉི་ཚུ་ལ་ཉི་གསར་པས་གནས་འདི་ལས་ཉི་ཁྱོད་ལོང་མཁའ་ལ་
བྱང་དུ་གདོང་ཕྱོགས་མཛོད།།

ཕྱོགས་ཀྱི་གླང་པོ་རྣམས་ཀྱི་ལག་པ་ཆེ་བས་བཅིངས་པའི་ལམ་
ཉི་ཡོངས་སུ་དོར་བར་གྱིས།།

རི་ཡི་རྩེ་མོ་ཕྲོགས་ནས་དྲི་བཞོན་འགྲོ་བའམ་ཀྱུ་འཛིན་ལངས་
ནས་འགྲོ་བའམ་ཅི་ཞེས་ཐེ་ཚོམ་དུ།།

གྲུར་ནས་གྲུབ་པའི་བུད་མེད་རྣམས་ཀྱིས་གྱེན་ཕྱོགས་བལྟས་ཏེ་
འཇིགས་ཤིང་སྐྲག་པས་རྨོངས་པར་འགྱུར།།

难道风卷走了山巅?
悉檀仙淳朴的女眷仰头
用惊疑的目光望你踊跃而行
从那芦苇丰荣的地方
北向升空!
在路上你要避开
挥舞巨鼻的域龙

1 风卷走了山巅：adreḥ śṛṅgaṃ harati pavanaḥ，巨大的黑云在空中急行，仿佛是一座被飓风席卷而去的山峰。

2 悉檀仙：Siddha，因修炼而获得神力的成就者，住在山间。

4 芦苇：Nicula，学名 *Barringtonia acutangula*。这里 Nicula 可能也指一位同时代的诗人，他是迦梨陀娑的崇拜者。（sarasaniculād ity atra niculapadena niculābhidhānaḥ kaścana kavir vivakṣitaḥ | Cd：13）

7 域龙：Diṅnāga，把守天空各个方位的巨象。它们误认云为与自己为敌的同类，于是便举鼻相向。（te hi taṃ pratidviradabhrāntyā grahītum icchanti | Cv：10）这里诗人可能一语双关，因为他论敌的名字也叫域龙，或译陈那，是著名的逻辑学家。

रत्नच्छायाव्यतिकर इव प्रेक्ष्यमेतत्पुरस्ताद्

वल्मीकाग्रात्प्रभवति धनुःखण्डमाखण्डलस्य।

येन श्यामं वपुरतितरां कान्तिमापत्स्यते ते

बर्हेणेव स्फुरितरुचिना गोपवेषस्य विष्णोः॥

རིན་ཆེན་འོད་ཀྱི་སྣང་བ་བཞིན་དུ་རབ་མཛེས་མཆོད་སྦྱིན་བརྒྱ་
པའི་གཞུ་ཡི་དུམ་བུ་ནི།།

ཆེ་བའི་གྲོག་མཁར་རྩེ་ལས་བྱུང་བ་དེ་ནི་མདུན་དུ་ཡང་དག་
མཐོང་བར་འགྱུར།།

ཁྱབ་འཇུག་གླང་རྫིའི་ཚུལ་གཟུང་རྨ་བྱའི་སྒྲོ་ཡི་འོད་ཀྱིས་ཁྱབ་
པར་གྱུར་པ་བཞིན།།

ཁྱོད་སྐུ་མཆོག་ཏུ་མཛེས་པ་མཐིང་ནག་གང་གིས་ཀུན་ཏུ་ཁྱབ་
པར་བྱེད་པ་ཐོབ་པར་འགྱུར།།

东方 珠宝交光般绚烂
摧魔者弓弩的一段
出现在蚁蛭山巅
你黝黑的躯体会因此
焕然生彩
仿佛牧童装束的毗湿奴
戴着绚丽的孔雀翎羽

1 珠宝交光：ratnacchāyāvyatikaraḥ，有巨蛇居住在蚁蛭山的洞穴中，在它顶间宝石光芒的映射下，彩虹变得更加绚烂。（CD：58）

2 摧魔者弓弩的一段：dhanuḥkhaṇḍam ākhaṇḍalasya，指彩虹，镶嵌在云中的彩虹的片段仿佛是因陀罗弓弩的一部分，摧魔者是因陀罗众多的名号之一。

3 蚁蛭山巅：valmīkāgrāt，蚁蛭是群蚁修筑的巢穴，状如山。蚁蛭山或译为蚁封山（徐）。

6 牧童装束的毗湿奴：gopaveṣasya viṣṇoḥ，毗湿奴即遍入天，或译黑天，执持世界的大神，身色黑，常以牧童的形象出现。

त्वय्यायत्तं कृषिफलमिति भ्रूविकारानभिज्ञैः

प्रीतिस्निग्धैर्जनपदवधूलोचनैः पीयमानः।

सद्यःसीरोत्कषणसुरभि क्षेत्रमारुह्य मालं

किंचित्पश्चाद्व्रज लघुगतिर्भूय एवोत्तरेण॥

ཁྱོད་འོངས་ཚེ་ན་གྲོང་ཁྱེར་ན་ཆུང་དགའ་ཞིང་ཆགས་པའི་མིག་རྣམས་ཀྱིས་ནི་སྨིན་མ་ཡི།།

རྣམ་འགྱུར་མངོན་པར་མི་ཤེས་བཞིན་དུ་བལྟ་ཞིང་འབྲུ་རྣམས་ཀུན་ནི་འཕེལ་བར་བྱེད་པའི་ཕྱིར།།

ཁྱོད་ནི་ཅུང་ཟད་ནུབ་ཏུ་བསྐྱོད་ཅིང་གནས་བྱ་འཁྲུལ་ལ་སློས་ཀྱི་རོལ་གྱིས་དགའ་བ་ཡི།།

གནམ་ཆུ་སྐྱུགས་པའི་ཞིང་ལ་གྲུ་ཆར་ཁྲུས་བྱ་སྤར་ཡང་བྱང་དུ་ཕྱུར་བར་དལ་གྱིས་གཤེགས།།

稼穑的实绩有赖于你
不谙眉目传情的农妇
用因衷情而润湿的眼睛饮望你
且攀上野原
那里新犁的田地芬芳馥郁
然后迈开轻快的步履
略略向西 再往北去！

3 饮望：pīyamānaḥ，直译：被因为衷情而润湿的眼睛饮下。

4 野原：māla，高坡。也有认为是地名，或译为玛那之高丘（徐），或译为玛罗高原（金）。

6 轻快的步履：laghugatiḥ，云在降雨之后，变得轻捷。

त्वामासारप्रशमितवनोपप्लवं साधु मूर्ध्ना

वक्ष्यत्यध्वश्रमपरिगतं सानुमानाम्रकूटः।

न क्षुद्रो ऽपि प्रथमसुकृतापेक्षया संश्रयाय

प्राप्ते मित्रे भवति विमुखः किं पुनर्यस्तथोच्चैः॥

ལམ་དུ་ཡོངས་སུ་ངལ་ཆེ་ངོས་ལྡན་ཨ་མྲ་རྩེགས་པའི་རི་རྩེར་
གནས་བྱ་སྟེ།།

ཁྱོད་ཀྱིས་ནགས་ནང་ཤིང་སྐམ་རྣམས་ནི་ཆར་གྱིས་བྲན་པར་
བྱས་ནས་ལེགས་པར་མཛོད།།

གང་ཕྱིར་ཆེ་བའི་སྐྱེ་བོ་དང་པོར་ལེགས་བྱས་རྒྱུ་མཚན་ཐོབ་པའི་
གྲོགས་བཟང་ལ།།

དེ་ལྟའི་བྱ་བས་གནས་ཆེད་ཅི་ཡང་གྱུར་ལ་ཕྱིར་ཕྱོགས་ངན་པའི་
སྐྱེ་བོའང་འབྱུང་མ་ཡིན།།

阿摩罗山

你降雨熄灭了林火
旅途倦惫时
阿摩罗山会用峰顶把你托定
当好友来投奔
因为感念前情
纵是小人也不会掉头
崇高如彼的 自不待问

3 阿摩罗山：Āmrakūṭa，云北行途中经过的一座有很多芒果树林的山。或直译为芒果山（徐，金）。

5 因为感念前情：prathamasukṛtāpekṣayā，云浇灭林火，山念及旧恩接纳远道而来的云。

छन्नोपान्तः परिणतफलद्योतिभिः काननाम्रैस्

त्वय्यारूढे शिखरमचलः स्निग्धवेणीसवर्णे।

नूनं यास्यत्यमरमिथुनप्रेक्षणीयामवस्थां

मध्ये श्यामः स्तन इव भुवः शेषविस्तारपाण्डुः॥

ཁྱོད་ནི་གཡོ་མེད་རྩེ་མོར་གནས་ཚེ་ཨ་མྲའི་ནགས་ཀྱི་འབྲས་
བུ་ཀྲུས་པར་སྨིན་པ་ནི།།

ཕྱོགས་ཀུན་ཁྱབ་པར་བཀྲམ་པར་དགའ་མའི་རྣམ་མཛེས་ལྡན་
བུ་དག་དང་མཚུངས་པ་བཞིན་དུ་གྱུར།།

ས་གཞིའི་མཛེས་མའི་ནུ་ཀྲུས་ལྷག་མ་དཀར་ཞིང་དབུས་ཀྱི་ཐིག་
ལེ་སྔོན་པོས་མཛེས་པ་བཞིན།།

འཆི་མེད་ཁྱོ་ཤུགས་དག་གི་ཡ་མཚན་ངེས་པ་ཐོབ་པའི་མིག་
གིས་རབ་ཏུ་ལྟ་བར་བྱེད།།

果熟离离的菴摩罗树
把山体团团遮覆
当黝黑如辫的你升上峰顶
这不动的山峦
会博得仙侣的青目
它中间玄黑 周匝黄褐
仿佛是大地的乳

1 菴摩罗树：āmra，芒果树。

4 不动的：Acala，“不动摇的”，山的藻饰词。

6 中间玄黑：madhye śyāmaḥ，饱含雨水，色泽乌黑的云朵倚在峰顶。
周匝黄褐：śeṣavistārapāṇḍuḥ，因为芒果色泽不一的缘故，pāṇḍu 一词应解作黄褐色，而不是白色。（CD：59）

स्थित्वा तस्मिन्वनचरवधूभुक्तकुञ्जे मुहूर्तं
तोयोत्सर्गद्रुततरगतिस्तत्परं वर्त्म तीर्णः।
रेवां द्रक्ष्यस्युपलविषमे विन्ध्यपादे विशीर्णां
भक्तिच्छेदैरिव विरचितां भूतिमङ्गे गजस्य॥

དེ་ནས་རི་དྭགས་བདག་པོའི་ཆུང་མའི་ནགས་ཀྱི་ཁང་པ་དེ་ལ་
ཡུད་ཙམ་གནས་བྱས་ནས།།
དེ་ཡི་ཕ་རོལ་ཆུ་ལ་ཐོན་ནས་མཆོག་ཏུ་མྱུར་བས་ལམ་གཞན་
དག་ཏུ་གཤེགས་ཤིང་བགྲོད་པ་ན།།
ནྲང་སྲོང་བུ་མོའི་ཆུ་བོ་འབིགས་བྱེད་རི་ཡི་ཞབས་ནི་རྡུབ་པའི་
རྡོ་ལ་ཧོག་ཏུ་འབབ་ལྡན་མ།།
སོ་གཉིས་ཡན་ལག་མཆོག་ལ་ས་དཀར་ཚོན་གྱིས་ལེགས་བྲིས་
བཞིན་དུ་ཁྱོད་ཀྱིས་མཐོང་བར་འགྱུར།།

在林居女休憩的山居停驻片刻
迈开释雨后更加轻捷的步履
从那里启程
你会看到播撒欢乐的热瓦河
在宾陀山积石嶙峋的崇岭中
她跌宕分流
仿佛涂抹在象身的斑斓纹线

4 热瓦河：Revā，即 Narmadā，意为赐予欢乐的河。或译为鸣吼（徐）。

5 宾陀山：Vindhya，分开德干高原和印度南部的一座山脉。或译为中岭（徐）。

7 仿佛涂抹在象身的斑斓纹线：bhakticchedair iva viracitāṃ bhūtim aṅge gajasya，直译：仿佛是用斑斓纹线涂抹在大象身体上的彩饰。

तस्यास्तिक्तैर्वनगजमदैर्वासितं वान्तवृष्टिर्

जम्बूकुञ्जप्रतिहतरयं तोयमादाय गच्छेः।

अन्तःसारं घन तुलयितुं नानिलः शक्ष्यति त्वां

रिक्तः सर्वो भवति हि लघुः पूर्णता गौरवाय॥

ཁྱོད་ཀྱིས་ཐོག་མར་ཆར་པ་སྐྲུག་བྱ་དེ་ཡི་ཆུ་ནི་འཐུངས་ནས་
བགྲོད་པར་བྱ་སྟེ་ཕྱིན་ནས་ནི།།

ནགས་ཀྱི་གླང་པོ་མྱོས་པའི་ཏིག་ཏའི་རོ་དང་འཛམྦུའི་ཤིང་གིས་
ཆུ་དེའང་རྒྱུར་དུ་འགེངས།།

ཀཱ་ཡེ་སྤྲིན་སྟུག་ཁྱོད་ནི་ནང་གི་སྙིང་པོ་ལྡན་ན་དྲི་བཞོན་དག་
གིས་གཡོ་མི་ནུས།།

གང་ཕྱིར་ཐམས་ཅད་སྟོང་ན་ཡང་བར་འགྱུར་ཞིང་ཡོངས་སུ་
གང་ན་ཀུན་ཀྱང་ལྕི་བ་ཉིད།།

野象辛涩的顶蜜染香她的水流
瞻部从林减弱了奔涌的势头
吐出雨 你饮了就走!
黑云朵!
风摆布不了精华内实的你
空虚的都轻浮
饱满的就厚重

1 野象辛涩的顶蜜：tiktair vanagajamadaiḥ，从宾陀山中发情的野象的两颞流出的气味浓烈、味苦涩的汁液。顶蜜或译作“额液”(徐)，或译作“津涎”(金)。她的：tasyāḥ，她指热瓦河。

2 瞻部从林：jambūkuñja，瞻部是一种树，学名 *Eugenia jambolana*。

3 吐出雨：vāntavṛṣṭiḥ，云在长途跋涉之后，吐出体内陈旧的水分，然后喝下微微苦涩的热瓦河水，可以恢复新鲜的劲头。(Cd：61)

5 精华内实的：antaḥsāram，云吸满了洁净的水，变得充实。

नीपं दृष्ट्वा हरितकपिशं केसरैरर्धरूढैर्

आविर्भूतप्रथममुकुलाः कन्दलीश्चानुकच्छम्।

दग्धारण्येष्वधिकसुरभिं गन्धमाघ्राय चोर्व्याः

सारङ्गास्ते जललवमुचः सूचयिष्यन्ति मार्गम्॥

དང་པོར་ཀནྡ་ལི་ཡི་མེ་ཏོག་ཁ་འབུས་རྣམས་ནི་ཤུན་པས་བསྒྲིབས་
པ་བྱུང་བ་དང་།།

འདབ་མ་ལྗང་ཞིང་གེ་སར་དཀར་སེར་ཕྱེད་ལྡན་བསྟན་པ་རྣམས་
ཀྱི་ཆུ་སྐྱེས་མེ་ཏོག་མཐོང་ནས་ཀྱང་།།

འབྲོག་དགོན་རྣམས་མེས་བསྲེགས་ས་གཞིར་དྲི་འཛིན་མནམ་
བྱ་དྲི་བཟང་མང་པོ་བྱུང་བ་ན།།

ཆུ་འཛིན་དལ་བུས་ཆར་བསྐྱུན་ཚོད་ལ་སཱ་རཾ་ག་རྣམས་ལམ་ནི་
སྟོན་པར་བྱེད་པར་འགྱུར།།

瞧见了
始现半蕊的腻檗花或青或黄
堤畔沼地的迦嗒莉甫吐新芽
又吸嗅
经火野林中土地的醇香
花斑鹿
标示你布洒雨点的路途

2 腻檗花：Nīpa，即迦昙花，学名 *Nauclea cadamba*。

3 迦嗒莉：Kandalī，一种在雨季开白色花的植物。或译为“野芭蕉”（金）。

5 经火野林中：dagdhāraṇyeṣu，另外的版本作：jagdhvāraṇyeṣu，意为：“咀嚼了林野中（迦嗒莉花的新芽）”。

6 花斑鹿：Sāraṅga，花斑鹿一路追随雨云的行踪，畅享了眼福，又大快朵颐，仿佛在指给人们云的行路。Sāraṅga 一词多义，兼指蜂，鹿和象，徐梵澄先生译作：“看花食叶闻香起，为蜂为鹿为象王。”金克木先生译作“麋鹿”。

उत्पश्यामि द्रुतमपि सखे मत्प्रियार्थं यियासोः

कालक्षेपं ककुभसुरभौ पर्वते पर्वते ते।

शुक्लापाङ्गैः सजलनयनैः स्वागतीकृत्य केकाः

प्रत्युद्यातः कथमपि भवान्गन्तुमाशु व्यवस्येत्॥

ཀྱ་ཡེ་གྲོགས་པོ་ཁྱོད་ནི་བདག་གི་དགའ་བའི་དོན་ལ་མྱུར་དུ་
འགྲོ་སླམ་ཡོད་ན་ཡང་།།

ཀ་ཀུ་བྷ་ཡི་དྲི་ལྡན་རི་བོ་རི་བོ་རྣམས་ལ་ཡུན་རིང་ཐོགས་པར་
བདག་གིས་ཤེས།།

གཙུག་ཕུད་ཅན་གྱིས་འདྲེན་བྱེད་ཆུ་དང་བཅས་པས་ལེགས་པར་
འོངས་སམ་བྱས་ནས་ཡུན་རིང་གནས་པར་འདོད།།

དེ་སྐད་ཁྱོད་ནི་ཤིན་ཏུ་མྱུར་བ་འགྲོ་བར་འགྱུར་བ་དག་ཀྱང་ཇི་
ལྟར་ཡིན།།

密友！我能想见
虽然你肯为我的爱人疾行
在曲生花香弥满的峰峦
却会耽延
当眼眶洁白的孔雀含泪
高声引吭迎迓尊贵的你
请勉力 快登程！

5 眼眶洁白的：śuklāpāṅga，“有白色眼眶的”，孔雀的藻饰词。孔雀是云的密友，会伴着云中的雷吟而起舞，看见云它们热泪盈眶，用清越高亢的长吟向云致意。夜叉担心云会在花香弥漫的峰峦为孔雀的友谊而留驻，所以敦促云快快启程。

पाण्डुच्छायोपवनवृतयः केतकैः सूचिभिन्नैर्

नीडारम्भैर्गृहबलिभुजामाकुलग्रामचैत्याः।

त्वय्यासन्ने परिणतफलश्यामजम्बूवनान्ताः

संपत्स्यन्ते कतिपयदिनस्थायिहंसा दशार्णाः॥

ཁྱོད་འོངས་ཚེ་ན་དང་པ་རྣམས་ནི་དེ་ཉིད་ཅུང་ཟད་གནས་ནས་
འགྲོ་ཞིང་འབྲས་བུ་ནི།།

ཡོངས་སུ་སྨིན་པ་ལྗང་སྔོན་དང་ལྡན་འཛམྦུའི་ནགས་ཀྱིས་བསྐོར་
དབུས་དཀར་པོའི་འོད་ལྡན་ཆེ་བ་ཡི།།

ནགས་ཀྱི་འབྲི་ཤིང་ཀེ་ཏའི་ཆུ་སྐྱེས་གེ་སར་གསལ་བར་རྒྱུས་
ཤིང་གྲོང་དང་མཆོད་རྟེན་གྱིས།།

བསྐོར་བའི་ཁང་པར་གཏོར་ལེན་ཚངས་སྐྱེས་རྫོམ་པའི་གྲོང་ཁྱེར་
ཏ་ཤ་ཞེས་པས་མཆོད་པར་འགྱུར།།

十垒寨

喷吐新蕾的迦丹迦抹黄园篱
捡食婆梨的群鸟在社树营栖
黝黑的阎浮提果
已然透熟 光彩流溢
你来时
天鹅会在十垒寨
流连数日

1 迦丹迦：Ketaka，一种开黄色花的植物，学名 *Pandanus odoratissimus*。

2 婆梨：Bali，米粒等酬神的供物。

社树：Grāmacaitya，村社中的神树，也有说是在四方通达的道路交汇处的树木。（CD：63）

3 阎浮提果：Jambu，阎浮提树的果实，阎浮提树或译为瞻部树，学名 *Eugenia jam-bolana*。

5 你来时：tvayy āsanne，云带来雨，雨让十垒寨变得生机盎然。

6 十垒寨：Daśārṇa，意为“有十个堡垒的村寨”，可能在宾陀山的北部。（Wilson 1813：24）或译为“十堡乡”（徐），或音写为“陀沙罗那”（金）。

तेषां दिक्षु प्रथितविदिशालक्षणां राजधानीं
गत्वा सद्यः फलमपि महत्कामुकत्वस्य लब्धा।
तीरोपान्तस्तनितसुभगं पास्यसि स्वादु यत्तत्
सभ्रूभङ्गं मुखमिव पयो वेत्रवत्याश्चलोर्मि॥

དེ་ཡི་བྱང་ཕྱོགས་གཞི་ལ་བི་དི་ཤ་ཞེས་མཚན་པ་རྒྱལ་པོའི་ཁབ་
ཏུ་སྨྱུར་སོང་ནས།།
དེར་ནི་ཁྱོད་ཀྱིས་ཤིན་ཏུ་ཆེ་བའི་འབྲས་ཐོབ་མཆོག་གི་གོ་འཕང་
འཕྲུལ་ལ་ཐོབ་འགྱུར་ཞིང་།།
ཆེ་བའི་ཁ་ཞེང་དང་ལྡན་མཐའ་ན་ལྷུང་ལྷུང་སྐད་སྙན་སྒྲོག་དང་
རོ་ཞིམ་དང་ལྡན་པ།།
གཡོ་བའི་རླབས་ཕྲེང་གདོང་ལ་སྨིན་མ་གཡོ་བཞིན་བེ་ཏའི་མཚོ་
དེའང་སྐལ་བཟང་ཁྱོད་འཐུང་འགྱུར།།

四维城
卫女河

你一到那里的都邑 1
地上闻名的四维城 2
便得到爱人的妙果酬 3
你会尝到卫女河甘醇的流水 4
它击岸作声 妩媚动人 5
它逐浪回旋 6
仿佛秀眉微蹙的面颜 7

1 那里的：teṣām，十垒寨的。

2 四维城：Vidiśā，意为“宽广的（城邑）”。或音写为“未地沙”（徐），“毗地沙”（金）。

3 爱人的：kāmukatvasya，云从河中饮水，仿佛是卫女河的爱人。

4 卫女河：Vetravatī，今天的 Betwah 河，发源于宾陀山北麓，流经四维城。（Wilson 1813：25）

5 它击岸作声 妩媚动人：tīropāntastanitasubhagam，对于这个词，各家注释有不同的理解，或解为近岸的鸟鸣声，波浪拍岸声（Cv：15），或解为雷声（Cm：20），或认为暗指欢爱时的柔声（Cd：20）。徐梵澄先生译作“隐隐轻雷生水崖”，金克木先生译作“雷声近岸”。

नीचैराख्यं गिरिमधिवसेस्तत्र विश्रमहेतोस्
त्वत्संपर्कात्पुलकितमिव प्रौढपुष्पैः कदम्बैः ।
यः पण्यस्त्रीरतिपरिमलोद्गारिभिर्नागराणाम्
उद्दामानि प्रथयति शिलावेश्मभिर्यौवनानि ॥

གང་ཞིག་ནི་ཙ་ཞེས་གྲགས་རི་བོར་ཁྱོད་འོངས་ཐོབ་ལས་དེར་
ནི་ངལ་གསོའི་ཆེད་དུ་གནས།།

ཀ་དམ་པ་ཡི་མེ་ཏོག་དགའ་བས་སྤུ་ལོང་རྒྱས་ཤིང་གི་སར་
འཇུམ་པར་བྱེད་པ་བཞིན།།

གྲོང་ཁྱེར་རྣམས་ནི་སྨད་འཚོང་མ་རྣམས་དགའ་བར་བྱེད་པའི་
དྲི་བཟང་དག་གིས་གང་བ་རྣམས།།

རྡོ་ཡི་བྲག་ཕུག་རྣམས་ཀྱིས་མཆོག་ཏུ་མཛེས་པའི་ལང་ཚོ་མ་
རྣམས་སྣ་རུ་འཛུག་པ་བཞིན།།

下里

要驱除劳倦
你就去那儿叫作下里的丘山
和你相触时怒放的迦丹波花
仿佛是它因兴奋竖起的毛发
它从山间石室中喷出的
游女爱乐时的脂粉香气
诉说城中人放纵的青春

2 那儿：tatra，指四维城。

下里：Nīccaiḥ，山名，或译作“低峰”（金）。

3 迦丹波花：Kadamba，一种开橙色花的植物，学名 *Nauclea cadamba*。

6 游女：Paṇyastrī，嬉游女子，这里指妓女。

7 城中人：nāgara，四维城中居住的男子，他们和游女在下里山间的石室中幽会。

विश्रान्तः सन्व्रज वननदीतीरजातानि सिञ्चन्न्

उद्यानानां नवजलकणैर्यूथिकाजालकानि।

गण्डस्वेदापनयनरुजाक्लान्तकर्णोत्पलानां

छायादानात्क्षणपरिचितः पुष्पलावीमुखानाम्॥

ངལ་སོས་གྱུར་ན་བགྲོད་བྱ་གསར་སྐྱེས་རྣམས་ཀྱིས་མེ་ཏོག་
སེར་པོའི་དྲ་བ་མཛེས་པ་རྣམས།།

ཆུ་བོ་ཆུ་རྡོགས་སྐྱེས་པ་རྣམས་ནི་ཆུ་ཐིགས་རྣམས་ཀྱིས་བྲན་པ་
འཕྲུལ་དུ་འོངས་འགྱུར་ཞིང་།།

ཆུ་སྐྱེས་ཐོག་མའི་གདོང་གི་འགྲམ་པའི་རྔུལ་ཐིགས་སེལ་ལ་རྣ་
བའི་ཨུཏྤལ་ངལ་བ་དང་།།

ཉིངས་གྱུར་ལ་ནི་ཉིད་ཀྱིས་སྐད་ཅིག་བདེ་བའི་གྲིབ་བསིལ་ཡོངས་
སུ་གནང་བར་མཛོད་ཅིག་ཀྱེ།།

驱除了倦怠
你用新雨点喷洒
苑囿水边玉提迦的蕾芽
为采撷鲜花的女子遮阳
只一瞬就走
要抹去双颊上渗出的汗滴
蹭触揉损了鬓边的优钵梨

3 玉提迦：Yūthikā，一类茉莉，学名 *Jaminum auriculatum*。

4 采撷鲜花的女子：Puṣpalāvī，一个专门采集时令鲜花供给人们酬神和日用的社群。（Wilson：27）

5 只一瞬：kṣaṇaparicitaḥ，云用阴影为骄阳下的采花女遮住阳光，仿佛短暂地亲一亲她们的面颊。

7 优钵梨：Utpala，青色莲花，女子们用手抹去汗滴时的碰触让耳边的青莲花很快变得不再鲜活如初。

वक्रः पन्था यदपि भवतः प्रस्थितस्योत्तराशां

सौधोत्सङ्गप्रणयविमुखो मा स्म भूरुज्जयिन्याः ।

विद्युद्दामस्फुरितचकितैस्तत्र पौराङ्गनानां

लोलापाङ्गैर्यदि न रमसे लोचनैर्वञ्चितोऽसि ॥

ཡང་ནི་བྱང་གི་ཕྱོགས་སུ་བགྲོད་ཅིང་གང་ཞིག་ཁྱོད་ནི་འཁྱོག་
པོའི་ལམ་ལ་ཞུགས་པའི་ཚེ།།

གྲོང་ཁྱེར་ཨུཛྫ་ཡ་ནའི་རྒྱལ་པོའི་ཕོ་བྲང་ནང་དུ་ཕྱིར་ཕྱོགས་མིན་
པར་གནས་པར་མཛོད།།

དེ་ན་གྲོང་གི་དགའ་མ་རྣམས་ཀྱི་རོལ་སྨིག་ཟུར་མིག་གློག་གི་
ཕྲེང་ཐག་གཡོ་བ་ནི།།

སྐྱེངས་བྱེད་མིག་གིས་གལ་ཏེ་ཁྱོད་ནི་མ་མཐོང་འབྲས་བུ་མེད་
ཅིང་བསླུས་པ་ཉིད་དུའང་འགྱུར།།

优禅尼城

你若向北去
路途会迂曲
但别因此就不观览
优禅尼高耸的楼殿
闪电的藤蔓让那里的美妇目眩
如果不去领略她们的流波顾盼
你就虚行了世间

4 优禅尼：Ujjayinī，又名广严城，可能是迦梨陀娑居住的地方，是当时的首都。

5 闪电的藤蔓：vidyuddāman，云中的闪电常被比作藤蔓，她是云的妻子。

वीचिक्षोभस्तनितविहगश्रेणिकाञ्चीगुणायाः

संसर्पन्त्याः स्खलितसुभगं दर्शितावर्तनाभेः।

निर्विन्ध्यायाः पथि भव रसाभ्यन्तरः संनिपत्य

स्त्रीणामाद्यं प्रणयवचनं विभ्रमो हि प्रियेषु॥

རླབས་ཕྲེང་གཡོ་ལྡན་སྙན་པར་སྒྲོག་ཅིང་འདབ་ཆགས་ཕྲེང་བའི་
ཀེད་རྒྱན་སྐ་རགས་སིལ་སིལ་ཅན།།

དལ་གྱིས་དལ་གྱིས་འགྲོ་ཞིང་ལང་ལིང་མཛེས་པའི་སྐལ་བཟང་
འཁོར་ལོའི་ལྟེ་བ་དང་ལྡན་པ།།

རོ་མཆོག་དང་ལྡན་ཆུ་བོའི་ན་ཆུང་བིཧིནྡྷྱ་ནི་ཁྱོད་ནི་ལམ་ན་མངོན་
ཞུགས་ནས།།

དགའ་མ་རྣམས་ཀྱིས་མཛའ་བོ་རྣམས་ལ་རོལ་སྒིག་ཐོག་མར་
སྨོན་ཅིང་ཀེད་རྒྱན་འགྲོལ་འདྲ་མཐོང་།།

金带是涌浪中呢喃的行行凫雁
袒露出旋流的深脐
风姿曼妙的骊宾陀河款款向前
在途中与她相聚时
你心中会饱含滋味
女子对欢郎的第一句情语
是娇媚

1 金带：kāñcīguṇa，水流中尔汝呢喃的水鸟仿佛是骊宾陀河腰间的金带。凫雁：vihagānām，此处指鸿雁：haṃsānām（Cм：23）。

2 袒露出旋流的深脐：darśitāvartanābheḥ，诗人把骊宾陀河比作是一个风情万种的女子，河中的旋涡仿佛是她深圆的脐眼。

3 骊宾陀河：Nirvindhyā，源自宾陀山的一条小河。

5 滋味：rasa，常用的意思是水分，精华，同时也指情味，这里一语双关。

वेणीभूतप्रतनुसलिला तामतीतस्य सिन्धुः

पाण्डुच्छाया तटरुहतरुभ्रंशिभिर्जीर्णपर्णैः।

सौभाग्यं ते सुभग विरहावस्थया व्यञ्जयन्ती

कार्श्यं येन त्यजति विधिना स त्वयैवोपपाद्यः॥

དེ་རྒྱལ་སིན་དྷུའི་ཆུ་ནི་ལན་བུ་བཞིན་དུ་ལུས་ནི་རབ་ཏུ་ཕྲ་བར་
གྱུར་པ་ཅན།།

ངོགས་སུ་སྐྱེས་པའི་ཤིང་ནི་རྙིངས་པའི་འདབ་མ་ལྷུང་བ་རྣམས་
ཀྱིས་ཁྱབ་པར་བསྒྲིབས་པས་དཀར།།

ཀྭ་ཡེ་སྐལ་བཟང་ཁྱོད་དང་བྲལ་བར་གནས་པས་ལུས་ཀྱི་གནས་
སྐབས་འདི་འདྲར་འགྱུར།།

གང་གིས་ཆུང་མ་སྤྱངས་ནས་ཆེ་བའི་གནས་སྐབས་མཛད་དམ་
ཁྱོད་མཁྱེན་དེ་ནི་རྗོད་པར་བྱེད།།

你离她而去 1

流水细成了一缕发辫 2

岸树的落叶染白河面 3

有福缘的！ 4

她别后的情态征示你的妙福 5

回转消瘦的办法 6

只有你可以成就 7

1 她：tām，指骊宾陀河。

2 流水细成了一缕发辫：veṇībhūtapratanusalilā，雨云离去，骊宾陀河水消退，仿佛是她在离别后渐渐瘦去。

3 染白河面：pāṇḍucchāyā，从堤边林木上飘落下来的枯叶把渐细的径流染成白色，仿佛是骊宾陀河苍白的面容。

4 有福缘的：subhaga，有女子爱乐的男子是有福缘的。骊宾陀河为云而瘦，只有云能让她从消瘦转为丰盈。

प्राप्यावन्तीनुदयनकथाकोविदग्रामवृद्धान्

पूर्वोद्दिष्टामनुसर पुरीं श्रीविशालां विशालाम्।

स्वल्पीभूते सुचरितफले स्वर्गिणां गां गतानां

शेषैः पुण्यैर्हृतमिव दिवः कान्तिमत्खण्डमेकम्॥

ཨ་ཝནྟིའི་ཡུལ་ཐོབ་ནས་ཨུ་ད་ཡ་ནའི་གཏམ་ནི་གྲོང་གི་རྒན་
མོས་ཤེས་པ་ཡོད།།

དེ་རྗེས་གྲོང་ཁྱེར་སྔར་བསྟན་ཁང་བཟང་ཡངས་ཤིང་དཔལ་དང་
ཕུན་ཚོགས་ཆེ་ལྡན་ཡངས་པ་ཅན།།

འཛམ་གླིང་ས་གཞིར་མཐོ་རིས་མཛེས་ལྡན་དུམ་བུ་བསོད་ནམས་
ལྷག་མ་རྣམས་ཀྱིས་སྐྱབས་གསུམ་པའི།།

ལེགས་བཤད་འབྲས་བུར་གྱུར་པས་ཅུང་ཤས་འགའ་ཞིག་དག་
ནི་ཕྲོགས་ནས་འོངས་པར་གྱུར་པ་བཞིན།།

行到阿槃提[1]

村中老人熟知优陀延王的故事[2]

你要循路去[3]

早先说过叫广严城的吉祥大邑[4]

仿佛天人福报衰减落尘[5]

所剩功德从上界带来了[6]

一角瑰丽[7]

1 阿槃提：Avantī，靠近广严城的一个村落。是一个可以导向解脱的圣地。（Wilson 1813：31）

2 优陀延王的故事：udayanakathā，瓦德萨的国王优陀延和广严城的公主乌尔瓦西娅的爱情故事。

4 广严城：Viśālā，即前面提到的优禅尼城。

7 一角瑰丽：kāntimat khaṇḍam ekam，壮丽的广严城仿佛是天界的仙人在福报衰减降落尘世时尚未耗尽的功德带到人间的美仑美奂的仙都的一角。

दीर्घीकुर्वन्पटु मदकलं कूजितं सारसानां

प्रत्यूषेषु स्फुटितकमलामोदमैत्रीकषायः।

यत्र स्त्रीणां हरति सुरतग्लानिमङ्गानुकूलः

सिप्रावातः प्रियतम इव प्रार्थनाचाटुकारः॥

གང་དུ་བཞད་རྣམས་སྨྱོས་པའི་གདངས་སྙན་ཆེ་བར་སྒྲོག་ཅིང་
ཡིད་འོང་སྒྲ་ནི་གསལ་བར་བྱེད།།

ཉི་གཞོན་གྱིས་རྒྱས་ཆུ་སྐྱེས་དྲི་བཟང་དགའ་བསྐྱེད་བསྐ་བའི་
རོ་ལྡན་ཡིད་དུ་འོང་གྱུར་ཅིང་།།

ཆུ་ཐིགས་ཀྱིས་བྲན་དྲི་བཞོན་བུད་མེད་ཆགས་གཟིར་གདུང་བ་
འཕྲོག་བྱེད་ལུས་ཀྱིས་རྗེས་མཐུན་པ།།

བདག་པོ་མཆོག་ནི་འདོད་དོན་གཉེར་བར་བྱེད་ལ་སྙན་པར་སྒྲོག་
ཅིང་དགའ་བར་བྱེད་པ་བཞིན།།

清晨
喜帛河的风和着展莲的清香
把凫雁陶醉的呢喃吹送悠远
那儿
熨贴肢体的它
驱走女子爱乐的疲倦
仿佛软语求恳的欢郎

2 喜帛河：Siprā，优禅尼城边的一条小河。或音写作“息般”（徐），或音写作“湿波罗”（金）。

4 那儿：yatra，优禅尼城。城边喜帛河上的风吹过盛开的荷花，变得清香可人，它把鸿雁的鸣叫声吹送到远处，它拂过燕婉缱绻后的女子的身体，驱除她们的倦惫，像一个婉语求欢的男子。

जालोद्गीर्णैरुपचितवपुः केशसंस्कारधूपैर्
बन्धुप्रीत्या भवनशिखिभिर्दत्तनृत्तोपहारः।
हर्म्येष्वस्याः कुसुमसुरभिष्वध्वखिन्नान्तरात्मा
नीत्वा रात्रिं ललितवनितापादरागाङ्कितेषु॥

དེ་ཡི་ནོར་ལྡན་ཁང་པ་རྣམས་ན་ལན་བུ་སྤྱོས་ཀྱིས་བདུགས་པའི་
དྲི་བཟང་དྲ་བ་ནས།།

ཐོན་པས་ཁྱོད་ལུས་ཆེར་འགྱུར་ཁྱིམ་གྱི་གཙུག་ཕུད་ཅན་ནི་དགའ་
བས་གཉེན་མཐོང་གར་གྱིས་ནི།།

མཆོད་འབུལ་ཀྱུ་སྐྱེས་དྲི་བཟང་ལྡན་པ་བུད་མེད་རོལ་སྙིག་ལྡན་
པའི་ཀྲང་པའི་ཚོན་རྣམས་ཀྱིས།།

མཚན་པ་རྣམས་སུ་ལམ་གྱི་དབུས་སུ་དུབ་པར་གྱུར་པའི་རང་
ཉིད་ སྡུག་བསྔལ་བསལ་བར་བྱ།།

窗棂飘出的发露香雾 1

让躯体变充盈 2

出于亲友情谊 3

庭间的孔雀踊舞为礼 4

在它芬芳馥郁 5

妩媚女子足膏染着的华屋顶 6

停宿你的倦旅 7

2 让躯体变充盈：upacitavapuḥ，饱吸了从优禅尼城高楼的窗棂中飘散出来的浴发香露的雾气，云变得充盈。

3 出于亲友情谊：bandhuprītyā，孔雀喜欢云中的雷吟，它们是云的密友。

भर्तुः कण्ठच्छविरिति गणैः सादरं वीक्ष्यमाणः

पुण्यं यायास्त्रिभुवनगुरोर्धाम चण्डेश्वरस्य।

धूतोद्यानं कुवलयरजोगन्धिभिर्गन्धवत्यास्

तोयक्रीडानिरतयुवतिस्नानतिक्तैर्मरुद्भिः ॥

ཡང་ནི་སྲིད་པ་གསུམ་གྱི་བླ་མ་དཔལ་མགྲིན་གནས་སུ་བསོད་
ནམས་ལྡན་ཁྱོད་བགྲོད་པར་བྱ།།

འཁོར་གྱི་ཚོགས་ཀྱིས་ཁྱབ་བདག་མགྲིན་འོད་མཚུངས་བཞིན་
ཞེས་ནི་གུས་དང་བཅས་པས་ལྟ་བྱེད་དེ།།

ཡིད་འོང་དྲི་ལྡན་ཆུ་ལ་ཡང་ཚོ་མ་རྣམས་རོལ་སྒེག་ཁྲུས་ནི་བྱེད་
པའི་དྲི་ལྡན་ཞིང་།།

ཨུཏྤལ་གེ་སར་ལྡན་པའི་དྲི་རྣམས་ཀྱིས་བསྒོས་རླུང་གིས་སྐྱེད་
ཚལ་གཡོ་བར་བྱེད་པ་ཡོད།།

因为与尊主的颈色一样
部众们怀着敬畏凝望你
去三界主愤怒尊
净罪纳福的殿宇
风带着青莲花粉和凝香河中
忘情嬉戏洗浴的女子的芬芳
拂过那里的苑囿

1 因为与尊主的颈色一样：bhartuḥ kaṇṭhacchavir iti，尊主指湿婆，因为吞下毒药，他的颈项变成了青黑色，恰与雨云的颜色一样，所以湿婆的部众怀着敬畏注视云。

3 愤怒尊：Caṇḍeśvara，湿婆的名号之一。

4 净罪纳福的殿宇：puṇyaṃ...dhāma，直译："有福的殿宇"，供奉湿婆的圣殿，朝拜它的人可以洗净罪障，积累福德。

5 凝香河：Gandhavatī，殿宇附近的一条小河。

अप्यन्यस्मिञ्जलधर महाकालमासाद्य काले

स्थातव्यं ते नयनविषयं यावदत्येति भानुः।

कुर्वन्संध्याबलिपटहतां शूलिनः श्लाघनीयाम्

आमन्द्राणां फलमविकलं लप्स्यसे गर्जितानाम्॥

ཀྭ་ཡེ་ཆུ་འཛིན་ནག་པོ་ཆེན་པོའི་གནས་སུ་བགྲོད་ནས་ཉིན་ཞག་
གཞན་པའི་དུས་ལ་ཡང་།།

ཉིན་མོར་བྱེད་པ་འདྲེན་བྱེད་ཡུལ་དུ་འོངས་པར་གྱུར་གྱི་བར་དུ་
ཁྱོད་ནི་གནས་པར་མཛོད།།

རྩེ་གསུམ་ཅན་ལ་ཐུན་མཚམས་ལ་ནི་གཏོར་མ་རྔ་ཆེན་བསྒྲགས་
ཤིང་བསྟོད་དབྱངས་བྱེད་པ་བཞིན།།

ཁྱོད་ཀྱིས་འབྲུག་དབྱངས་བསྒྲགས་ཚེ་མ་ཚང་མེད་པའི་འབྲས་
བུ་ཐོབ་པས་ཀུན་གྱི་དོན་ཡང་བྱེད།།

持雨！
你若在别的时辰到达
那叫甚深玄冥的殿宇
请停留直到日影不见
黄昏奉祀执戟神的时候
你充任令人钦羡的司鼓
隐隐雷吟会得到妙果酬

3 那叫甚深玄冥的殿宇：Mahākāla，奉祀湿婆的神殿，直译作“大黑”或“大时”，湿婆是主司毁灭的神，是让万有归于玄冥寂静的大时辰。

5 执戟神：Śūlin，持戟者，湿婆的名号之一，他手中执持三叉戟。

6 司鼓：云用低沉的雷吟为晚祷司仪。

7 妙果酬：phalam avikalam，因为娱神，雷吟变得有功德，能给云带来美好的果报。

पादन्यासक्वणितरशनास्तत्र लीलावधूतै

रत्नच्छायाखचितवलिभिश्चामरैः क्लान्तहस्ताः।

वेश्यास्त्वत्तो नखपदसुखान्प्राप्य वर्षाग्रबिन्दून्

आमोक्ष्यन्ते त्वयि मधुकरश्रेणिदीर्घान्कटाक्षान्॥

དེ་ན་རྐང་པ་བཀོད་པར་གྱུར་ཚེ་འོག་པག་དག་ལས་སིལ་སིལ་
སྙན་པའི་སྒྲ་འབྱུང་ཞིང་།།
རོལ་སྙིག་གཡོ་བའི་རིན་ཆེན་འོད་འཕྲོས་ལུས་མཛེས་རྔ་ཡབ་
འཛིན་པས་ངལ་བའི་ལག་པ་ཅན།།
ཚོགས་ཀྱི་མཛེས་མ་སེན་རྗེས་གསར་པས་གདུང་ལ་ཁྱོད་ལས་
ཆར་ཐིགས་ཐོབ་ནས་ཚིམ་བྱེད་པ།།
ཁྱོད་ལ་སྦྲང་རྩི་བྱེད་པའི་ཕྲེང་བ་བཞིན་དུ་གཡོ་བའི་ཟུར་མིག་
རིང་བ་དག་གིས་བལྟ་བར་འགྱུར།།

奉祀献舞时 1

神女娇媚地顿足让金带鸣响 2

麈尾柄映射珠光 3

招拂倦怠了纤手 4

当甲痕喜受新雨 5

她们会向你投去 6

宛如一串黑蜂般的眄目 7

1 奉祀献舞时：tatra，直译：“那时”，指黄昏时分（tatra saṃdhyākāle | Cm：30）。

2 神女：veśyās，奉祀时献舞娱神的风尘女子。

3 麈尾：cāmaraiḥ，白色牦牛尾作成的拂尘，奉祀时来回招拂向神致敬，它的手柄上映着神女身上珠宝饰品的光芒。

5 甲痕：nakhapada，欢爱时男子留在神女身上的指甲印记。新雨点能苏息甲痕的痛楚。

7 宛如一串黑蜂般的眄目：神女们抬眼望云，眼角的黑色眼珠仿佛是一长串黑色的蜜蜂。

पश्चादुच्चैर्भुजतरुवनं मण्डलेनाभिलीनः

सांध्यं तेजः प्रतिनवजपापुष्परक्तं दधानः।

नृत्तारम्भे हर पशुपतेरार्द्रनागाजिनेच्छां

शान्तोद्वेगस्तिमितनयनं दृष्टभक्तिर्भवान्या॥

ཕྱུགས་བདག་གླང་ཆེན་ལྤགས་རློན་འདོད་བཞིན་གྱོན་ནས་གར་
ནི་རྩོམ་པ་འཕྲོག་པར་གྱུར་བ་བཞིན།།

ཁྲོད་འོངས་སྤུ་དྲིའི་ཐུན་མཚམས་ཉི་གཞོན་དམར་བའི་འོད་ཀྱིས་
དམར་བའི་ཆུ་སྐྱེས་འཛིན་བྱེད་ཅིང་།།

རྒྱབ་ནས་མཐོ་བའི་ལག་པ་ལྗུམ་པོའི་ནགས་ཀྱི་ཤིང་ཆེན་དག་
གིས་བརྒྱུངས་ནས་འཛིན་ཅིང་གནས།།

ཞི་བའི་ཆར་རྒྱུན་ཕབ་ཆེ་རི་ཡི་སྲས་མོས་གཡོ་མེད་མིག་གིས་
གུས་པས་ལྟ་བར་བྱེད།།

然后你映着夕阳
红如新开的蔷薇
绕住手臂的丛林
狂舞开始时
你息去畜主对湿象皮的渴望!
女神会用沉静的眼光
凝视你的虔诚

2 蔷薇：Japā，学名 *Hibiscus rosa sinensis*。

3 手臂的丛林：bhujataruvanam，湿婆众多的手臂仿佛是丛林。

5 畜主：Paśupati，湿婆的名号之一。

对湿象皮的渴望：ārdranāgājinecchā，湿婆杀死象魔后披着血淋淋的象皮狂舞，映着夕照的云在祭祀时可以充作象皮成就湿婆狂舞的愿望，他因此不再需要真的象皮，雪山女神也不会再感到恐惧。

6 女神：Bhavānī，湿婆的妻子雪山女神。

गच्छन्तीनां रमणवसतिं योषितां तत्र नक्तं

रुद्धालोके नरपतिपथे सूचिभेद्यैस्तमोभिः।

सौदामन्या कनकनिकषस्निग्धया दर्शयोर्वीं

तोयोत्सर्गस्तनितमुखरो मा स्म भूर्विक्लवास्ताः॥

དེ་ན་བདག་པོའི་གནས་སུ་མཆོག་གི་བཙུན་མོ་རྣམས་ནི་རབ་
དགའ་སྐྱེག་པར་བྱེད་པ་ན།།

མཚན་མོའི་མུན་པ་སྟུག་པོ་རྣམས་ཀྱིས་མི་ཡི་བདག་པོའི་ལམ་
གྱི་སྣང་བ་འགོག་བྱེད་པས།།

ཁྱོད་ཀྱིས་གློག་འོད་གསེར་མདོག་འོད་ཀྱིས་སྣང་བས་ས་གཞིའི་
ལམ་ནི་ཀུན་ནས་བསྟན་པར་མཛོད།།

ཆུ་ཆར་འབྲུག་དབྱངས་སྒྲ་ཆེན་མང་པོ་མ་བྱེད་མཛེས་མ་དེ་
རྣམས་སྐྲག་ཅིང་འཆི་བར་འགྱུར།།

那儿的夜里
女子们去往爱苑
王城的大道笼罩着
针尖才能刺破的黑暗
用耀如金痕的闪电照路
却不要高声鸣雷放雨
因为她们会受惊吓

2 爱苑：ramaṇavasatim，约会的地方。

5 金痕：kanakanikaṣa，纯金擦在试金石上的印迹。

तां कस्यांचिद्भवनवलभौ सुप्तपारावतायां

नीत्वा रात्रिं चिरविलसनात्खिन्नविद्युत्कलत्रः ।

दृष्टे सूर्ये पुनरपि भवान्वाहयेदध्वशेषं

मन्दायन्ते न खलु सुहृदामभ्युपेतार्थकृत्याः ॥

དེ་རྣམས་ཀྱི་ནི་ཁང་བཟང་ཕུག་རོན་ཉལ་ས་སྟེང་གི་ཀྲུ་ཕུབས་
འགའ་ཞིག་དག་ཏུ་ནི།།

ཡུན་རིང་འོངས་ལས་དུབ་པའི་རང་གི་དགའ་མ་གློག་མའི་དོན་
དུ་མཚན་མོ་གནས་བྱས་ནས།།

ཉི་མ་མཐོང་ཚེ་ཁྱོད་ནི་སླར་ཡང་ལྷག་མའི་ལམ་དག་ཤིན་ཏུ་
མགྱོགས་པར་བགྲོད་པར་བྱ།།

གང་ཕྱིར་སྙིང་གྲོགས་དག་གི་དོན་དུ་འབད་པ་བྱས་པ་ངེས་པར་
བྱ་བ་བྱས་པ་ཉིད།།

照耀太久
闪电妻子倦了
去驯鸽安眠的屋顶
度过暗夜
当太阳升起
你就继续剩下的行程
对密友的允诺别延迟

2 闪电妻子倦了：khinnavidyutkalatraḥ，闪电是云的妻子，伴他去往阿罗迦，她一路闪耀，疲倦了。

3 驯鸽安眠的屋顶：bhavanavalabhau suptapārāvatāyām，鸽子可以安稳入睡的寂静的屋顶。

तस्मिन्काले नयनसलिलं योषितां खण्डितानां

शान्तिं नेयं प्रणयिभिरतो वर्त्म भानोस्त्यजाशु।

प्रालेयास्त्रं कमलवदनात्सो ऽपि हर्तुं नलिन्याः

प्रत्यावृत्तस्त्वयि कररुधि स्यादनल्पाभ्यसूयः ॥

དེ་ཡི་དུས་སུ་ཉིན་མོར་བྱེད་པའི་ལམ་ནི་དོར་ནས་དེ་ནས་སླར་
དུ་འགྲོ་བར་བྱ།།

འོད་ཟེར་རབ་ཏུ་འཕྲོ་བ་བསྒྲིབས་ན་ཁྲོ་བ་ཆུང་བ་མིན་པ་ཁྱོད་
ལ་བྱེད་པར་འགྱུར།།

མཚན་མོ་བདག་པོ་སོང་བའི་བུད་མེད་མིག་གི་མཆི་མ་སེལ་
ལ་བདག་པོ་འོང་བ་བཞིན།།

པདྨོའི་ཡུམ་གྱི་ཆུ་སྐྱེས་གདོང་གི་མིག་ཆུ་དེ་ཡང་རབ་ཏུ་སེལ་
བར་བྱེད་པར་འགྱུར།།

那时爱人会平息
别妇眼中的泪珠
所以你要快让开
太阳行进的道路
为抹去丛莲面上的霜泪
他也在回程
你遮住阳光会引来暴怒

1 那时：tasmin kāle，太阳升起时。

5 霜泪：prāleyāsram，太阳是莲池中盛开的丛丛菡萏莲花的爱人，丛莲上的霜露仿佛是她们思念的眼泪，温暖的朝阳会融去这冰冷的泪。

गम्भीरायाः पयसि सरितश्चेतसीव प्रसन्ने

छायात्मापि प्रकृतिसुभगो लप्स्यते ते प्रवेशम्।

तस्मादस्याः कुमुदविशदान्यर्हसि त्वं न धैर्यान्

मोघीकर्तुं चटुलशफरोद्वर्तनप्रेक्षितानि॥

རབ་ཏུ་དང་བའི་སེམས་བཞིན་ཤིན་ཏུ་ཟབ་མོ་དང་ལྡན་མཚོ་ཡི་
ཆུ་ཡི་ནང་དུ་ནི།།

ཁྱོད་ཀྱི་གཟུགས་བརྙན་ཡང་ནི་རང་བཞིན་སྐལ་བ་བཟང་པོ་
བདག་ཉིད་འཆར་བ་ཐོབ་པར་འགྱུར།།

དེ་སླད་དེ་ཡི་ཀུ་མུ་ཏ་ནི་དཀར་པོ་རྣམས་ཀྱིས་ཁྱོད་ནི་བཀུར་སྟི་
བསྙེན་བཀུར་བྱེད།།

བརྟག་པ་དོན་ཡོད་བྱ་བའི་ཆེད་དུ་གཡོ་ལྡན་ཉ་རྣམས་གྱེན་དུ་
འཕར་ཞིང་ལྡེ་བར་བྱེད།།

甘碧河的流水澄澈如心
虽然只投下影子
天生俊丽的你却能融进
跳跃的银鱼是她的顾盼
洁白如同地喜
你不要因为矜持
就让它徒然消逝

1 甘碧河：Gambhīrā，云行进途中经过的一条河流。或译："泓水"（徐），或译："深河"（金）。

2 虽然只投下影子：chāyātmāpi，直译：虽然只是影子。云虽然不能直接融入清流，他从空中投下的俊影却能与流水合一。

4 跳跃的银鱼是她的顾盼：caṭulaśapharodvartanaprekṣitāni，跳跃的银鱼仿佛是甘碧河对云的顾盼。

5 洁白如同地喜：kumudaviśadāni，带着笑容的顾盼恍如地喜（白色睡莲，学名 *Nymphaea esculenta*），或许因为灿然时洁白的牙齿使然。

7 就让它徒然消逝：moghīkartum，不要让她的顾盼没有结果。

तस्याः किंचित्करधृतमिव प्राप्तवानीरशाखं

हृत्वा नीलं सलिलवसनं मुक्तरोधोनितम्बम्।

प्रस्थानं ते कथमपि सखे लम्बमानस्य भावि

ज्ञातास्वादो विवृतजघनां को विहातुं समर्थः॥

དེ་ཡི་ཆུ་གོས་སྔོན་པོའི་ཆུ་ཡི་ངོགས་ཀྱི་ཚང་ར་འཕྲོག་པར་བྱས་ནས་སྤྱངས་པ་ན།།

མ་འཕྲོག་ཅེས་ནི་ཤིང་ཆེན་ཡལ་གའི་ལག་པ་དག་གི་དབུས་སུ་ཅུང་ཟད་འཛིན་པ་བཞིན།།

ཀཱ་ཡེ་གྲོགས་པོ་ཆུ་འཕྱུང་ལྟོ་འཕྱུང་རྗེ་ན་འགྲོ་བར་ནུས་པ་ཡང་ནི་ཇི་ལྟར་ཡིན།།

མཛེས་མའི་མདུན་སྒྲོམ་མཛེས་པའི་བྲོ་གར་ཤེས་ན་ཇི་ལྟར་འདོར་བའི་ནུས་པ་ཡོད་པ་ཡིན།།

芦苇的枝梢仿佛垂手
移去她堤岸丰臀上的
绿水衣裳
密友！
低悬的你可要快走
知情味的谁能不顾
一丝不着的臀股

2 她：tasyāḥ，甘碧河，堤岸仿佛是她丰满的臀部，碧绿的流水仿佛是她的衣裳，近岸垂下的芦苇的枝梢仿佛是云的手臂。

5 快走：prasthānaṃ...bhāvi，夜叉催促云不要因为与甘碧河的欢爱而停留太久。

त्वन्निष्यन्दोच्छ्वसितवसुधागन्धसंपर्करम्यः

स्रोतोरन्ध्रध्वनितसुभगं दन्तिभिः पीयमानः

नीचैर्वास्यत्युपजिगमिषोर्देवपूर्वं गिरिं ते

शीतो वायुः परिणमयिता काननोदुम्बराणाम् ॥

ཁྱོད་ནི་དེ་པའི་རི་ལ་ཉེ་བར་འགྲོ་ཚེ་དལ་བུ་དལ་བུའི་རླུང་ནི་
ལྷང་འགྱུར་ཞིང་།།

བསིལ་བའི་རླུང་གིས་བསྐྱོད་པའི་ཨུ་དུམ་ཝ་རའི་ནགས་ཀྱི་
འབྲས་བུ་འཆང་ཞིང་རོལ་རྩེད་བྱེད།།

ཁྱོད་ཀྱིས་ཆར་ཆེན་ཕབ་པས་ནོར་འཛིན་མ་ཡི་དྲི་དང་རླངས་པ་
གཙང་ལ་ཚོགས་པ་ནི།།

སོ་ལྡན་རྣམས་ཀྱི་སྣ་ཡིས་རྔུབ་ཅིང་བུ་གའི་ནང་དུ་སྐྱལ་བཟང་
སྒྲ་དབྱངས་སྒྲོག་པར་བྱེད།།

神山

带着你的甘霖赐予大地的芬芳
被大象吸入鼻孔
发出悦耳的声响
可意清凉的风
吹熟了林间的无花果
当你想去神山
它会缓缓推送

1 你：tvam，云。云降下的雨露让大地变得芬芳馥郁。

6 神山：devapūrvaṃ girim，名中有“神”字的山，或音写为：“提婆山”（金）。

7 缓缓：nīcaiḥ，nīcaiḥ śanaiḥ |（CM：35）。或译为：“在下”（徐），或译为：“身下”（金）。

तत्र स्कन्दं नियतवसतिं पुष्पमेघीकृतात्मा

पुष्पासारैः स्नपयतु भवान्व्योमगङ्गाजलार्द्रैः ।

रक्षाहेतोर्नवशशिभृता वासवीनां चमूनाम्

अत्यादित्यं हुतवहमुखे संभृतं तद्धि तेजः ॥

དེར་ནི་སྐྱེ་མཆེད་ཉི་མ་ལས་ལྷག་གཟི་ལྡན་སྤྲིན་ཟ་ལས་སྐྱེས་
སྟོན་དུ་ཕྱོགས་པ་ཅན།།

གཙུག་ན་ཟླ་བས་རིན་ཆེན་མང་གི་དམག་ཚོགས་བསྲུང་བའི་
དོན་དུ་བསྒྲོམས་པ་དེ་ནི་གནས།།

ཁྱོད་ཀྱིས་མཁའ་ཡི་གཾ་གཱའི་ཆུ་ལས་སྤྲིན་གྱི་མེ་ཏོག་གཞེར་བ་
མང་པོ་རྣམས་ཀྱིས་ནི།།

མེ་ཏོག་གྲུ་ཆར་བདག་ཉིད་ཕབ་པ་རྣམས་ཀྱིས་གང་ཞིག་དེ་ནི་
ཁྲུས་ནི་བྱེད་པར་འགྱུར།།

战神常住在那里
你化作持花的云
用天上恒河水润湿的花雨沐浴他
为救护因陀罗的神军
月冠者把精华投入
运送祭品的火中
它闪亮胜过太阳

1 那里：tatra，神山。

5 月冠者：Navaśaśibhṛt，湿婆，为了拯救被魔神摧败的因陀罗的军队，湿婆把自己的精髓投入火中，由此而生的战神鸠摩罗打败了魔神。夜叉让云用花雨沐浴战神以表达对他的敬意。

ज्योतिर्लेखावलयि गलितं यस्य बर्हं भवानी

पुत्रप्रेम्णा कुवलयदलप्रापि कर्णे करोति।

धौतापाङ्गं हरशशिरुचा पावकेस्तं मयूरं

पश्चादद्रिग्रहणगुरुभिर्गर्जितैर्नर्तयेथाः ॥

གཙུག་ཕུད་ལྡན་དེ་ཆུ་འཕྲུངས་དགའ་བས་ཕྱིས་ནས་རི་གཟུང་
སྙན་པའི་སྒྲོ་སྒྲོག་གར་དག་བྱེད།།

མིག་ཟུར་དཀར་བའི་ཟེར་གྱིས་འཕྲོག་བྱེད་གཙུག་གི་ཟླ་བའི་
འོད་ཀྱི་ཟེར་ནི་སྐྱེངས་བྱེད་ཀྱང་།།

གང་གི་ཆེ་བའི་མཇུག་སྒྲོ་མདོངས་འོད་ཚོན་རྩིས་བྲིས་བཞིན་
མཛེས་པ་ལྡུང་བ་འོང་གྱུར་པ།།

ཨུ་མའི་སྲས་ནི་དགའ་བར་བྱེད་པ་ཆུ་སྐྱེས་འདབ་མ་བཞིན་དུ་
ཟླ་བར་བྱེད་པ་ཡོད།།

斑纹绚烂的翎羽脱落了
出于对爱子的衷情
女神把它带在青莲装饰的耳畔
湿婆月冠的光华漂白
战神孔雀的眼角
然后你用雷鸣影着山壁的回响
伴它起舞

3 女神：Bhavānī，湿婆的妻子雪山女，战神的母亲。孔雀是战神的坐骑，因为对儿子的爱，女神不忍看到它的尾羽掉在地上。

7 伴它起舞：nartayethāḥ，孔雀喜欢雷鸣，因山壁的回应而增强的雷鸣会让她们踊跃起舞。

आराध्यैनं शरवणभवं देवमुल्लङ्घिताध्वा
सिद्धद्वन्द्वैर्जलकणभयाद्वीणिभिर्मुक्तमार्गः।
व्यालम्बेथाः सुरभितनयालम्भजां मानयिष्यन्
स्रोतोमूर्त्या भुवि परिणतां रन्तिदेवस्य कीर्तिम्॥

སྨྱིག་མའི་ཚལ་ནས་སྐྱེས་པའི་ལྷ་དེ་ཡང་དག་མཆོད་ནས་སླར་
ཡང་ལམ་ནི་བརྒལ་བར་མཛོད།།
གྲུབ་པའི་ཁྱོ་ཤུགས་དག་གིས་ལག་པའི་པི་ཝང་ཆུ་ཐིགས་བསྣུན་
ལ་འཇིགས་པས་ལམ་ནི་སྟེར།།
ཁྱོད་ཀྱིས་མཐོང་བར་འགྱུར་བའི་ས་བདག་དགའ་བའི་ལྷ་ཡི་
གྲགས་པ་ཆུ་གཏེར་གཟུགས་འཛིན་ནི།།
ས་ཡི་གཞི་ལ་བྱུང་ཞིང་ལྷུང་བ་འདོད་འཇོའི་བུ་མོས་འོངས་ནས་
མཆོད་པ་བྱེད་པར་འགྱུར།།

敬拜了那从苇丛出生的神祇
你就启程向前
因为害怕雨滴
对对抱琴的悉昙仙让开了道路
你要俯身向牛牲河致礼
那是悦神王的声名
在地上凝成了流水

1 从苇丛出生的神祇：śaravaṇabhavam devam，指战神。

3 因为害怕雨滴：jalakaṇabhayāt，云中的雨滴会让琴声滞涩，所以悉昙仙人们避开云。

5 牛牲河：surabhitanayālambhajām，悦神王举行牛祭，牛牲的血汇成了河流。

6 悦神王：Rantideva，月亮族的国王。或音写为："蓝提天"（徐），或音写为："郎狄提婆"（金）。

त्वय्यादातुं जलमवनते शार्ङ्गिणो वर्णचौरे

तस्याः सिन्धोः पृथुमपि तनुं दूरभावात्प्रवाहम्।

प्रेक्षिष्यन्ते गगनगतयो नूनमावर्ज्य दृष्टीर्

एकं मुक्तागुणमिव भुवः स्थूलमध्येन्द्रनीलम्॥

ཁྱོད་ཀྱིས་དེ་ཡི་རླབས་ལྡན་མཚོ་ཡི་ཆུ་འཐུངས་འོངས་པའི་ཚེ་ན་ཐག་རིངས་མཐུ་ལས་ནི།།

ཆེན་པོ་ཡིན་ཡང་ཕྲ་མོར་དང་ནི་སྣྲང་ཆྱེའི་བུ་ཡི་ཁ་དོག་བསྐུས་པར་གྱུར་པ་དང་།།

ཆེ་བའི་ས་ལ་ཨིནྡྲ་ནཱི་ལ་སྨུ་ཏིག་དོ་ཤལ་དག་ནི་གཅིག་ཏུ་བཀོད་པ་བཞིན།།

མཁའ་ལ་བགྲོད་པ་རྣམས་ཀྱི་མིག་རྣམས་དག་གིས་འོག་ཏུ་བལྟ་ཞིང་ངེས་པར་མཐོང་བར་འགྱུར།།

偷走弓手的颜色
你俯身取水
径流虽然盛大
因远了却见细
空行们定然会向下注目
凝视大地的这一条珠链
有块巨大的帝青蓝镶在中间

1 弓手：Śārṅgin，“持弓者”，指黑天毗湿奴，他的身体是黑色的，黑云仿佛从黑天毗湿奴那里偷来了身色。

3 径流：pravāham，指牛牲河的流水。

5 空行们：Gaganagati，指悉昙仙，乾达婆（天界乐师）等天界的神灵。

7 帝青蓝：Indranīla，蓝色的宝石，俯身取水的黑云仿佛是镶嵌在大地的珍珠项链：牛牲河上的一块巨大的帝青蓝宝石。

तामुत्तीर्य व्रज परिचितभ्रूलताविभ्रमाणां

पक्ष्मोत्क्षेपादुपरिविलसत्कृष्णशारप्रभाणाम्।

कुन्दक्षेपानुगमधुकरश्रीमुषामात्मबिम्बं

पात्रीकुर्वन्दशपुरवधूनेत्रकौतूहलानाम्॥

དེ་རྣམས་བརྒལ་ནས་བགྲོད་ཆེ་སྨིན་མའི་ཁྲི་ཤིང་གཡོན་ནུ་རོལ་
པ་རྣམས་ཀྱིས་མཛེས་པ་ཅན།།

དཀར་ནག་འོད་ཟེར་དང་ལྡན་རྣམས་ཀྱི་རྫི་མ་སྟེང་དུ་བསྐྱོད་པར་
གྱུར་པའི་མཛེས་པ་དང་།།

ཀུནྡའི་མེ་ཏོག་གཡོ་བའི་རྗེས་འགྲོ་སྦྲང་རྩི་བྱེད་པའི་དཔལ་གྱིས་
མཛེས་པ་བཞིན་དུ་ནི།།

མཛེས་ལྡན་ད་ཤ་ཞེས་བྱའི་གྲོང་ཁྱེར་ན་ཆུང་མིག་གིས་བལྟ་
འདོད་ལ་ནི་རང་ལུས་བསྟན་པར་མཛོད།།

十城

你越过她向前行
好让自己的影子成为
十城女子眼中的惊奇
谙熟舞弄长眉的藤蔓
仰睫顾盼时黑白分明
仿佛偷走追逐摇曳的
君答的炼蜜虫的韵致

1 她：tām，指牛牲河。

3 十城：Daśapura，悦神王的都城。

7 君答：Kunda，一种白色的茉莉花，黑色的蜜蜂追逐白色的茉莉翔舞，仿佛黑色的眸子在眼中流转。

炼蜜虫：Madhukara，蜜蜂的藻饰词。

ब्रह्मावर्तं जनपदमधश्छायया गाहमानः

क्षेत्रं क्षत्रप्रधनपिशुनं कौरवं तद्भजेथाः।

राजन्यानां शितशरशतैर्यत्र गाण्डीवधन्वा

धारापातैस्त्वमिव कमलान्यभ्यवर्षन्मुखानि॥

དང་པོར་ཚངས་པ་འཇུག་པ་ཞེས་བྱའི་ལྗོངས་ལ་ཁྱོད་ནི་བགྲོད་བྱ་འོག་ཏུ་གྲིབ་བསིལ་བྱ།།

དེ་ནས་རྒྱལ་རིགས་བཅོམ་པའི་དུར་ལྡན་ཀུ་རུ་པ་ཡི་ཞིང་ནི་ཁྱོད་ཀྱིས་བསྟེན་པར་བྱ།།

གང་དུ་སྲིད་སྒྲུབ་མདའ་རྟོན་བརྒྱ་ཕྲག་དག་གིས་རྒྱལ་རིགས་མང་པོའི་མགོ་བཅད་པ་ནི།།

ཁྱོད་ཀྱི་གྲུ་ཆར་ཆེན་པོ་རབ་ཏུ་མང་པོ་ཕབ་པས་པདྨ་རྣམས་ནི་ཆད་པ་བཞིན།།

梵住
俱庐郊原

把影子投到叫梵住的聚落
去瞻仰那见证武士鏖战的
俱庐郊原　在那儿
阿周那曾用乾狄伯弩
向众王倾泻百管利镞
仿佛你用雨线
攒击朵朵青莲

1 梵住：Brahmāvarta，一个圣地。

3 俱庐郊原：Kaurava，印度史诗《摩诃婆罗多》中记载的般度族和俱庐族交战的地方。

4 阿周那：Arjuna，般度五子之一，是神箭手。

乾狄伯弩：Gāṇḍīva，阿周那的神弓。

हित्वा हालामभिमतरसां रेवतीलोचनाङ्कां

बन्धुप्रीत्या समरविमुखो लाङ्गली याः सिषेवे।

कृत्वा तासामभिगममपां सौम्य सारस्वतीनाम्

अन्तःशुद्धस्त्वमसि भविता वर्णमात्रेण कृष्णः ॥

མྱོས་པར་བྱེད་པའི་རོ་ལྡན་དགའ་མ་སྣར་མའི་མིག་གིས་མཚན་
པའི་ཆང་ནི་སྤང་བྱས་ནས།།

རང་གི་གཉེན་ལ་དགའ་བར་གྱུར་པས་ཡུལ་ལས་ཕྱིར་ཕྱོགས་
སྟོབས་བཟང་གང་དེ་བལྟ་བར་བྱ།།

ཀྭ་ཡེ་ཞི་ལྡན་སཱ་ར་སྭ་སྟིའི་ཆུ་ལ་མངོན་པར་ཕྱོགས་ཚེ་ཁྱོད་
ཀྱིས་འཐུངས་བྱས་ནས།།

ལུས་ཀྱི་ཁ་དོག་དག་གི་ནག་པོར་འགྱུར་ཞིང་ནང་གི་བསམ་པ་
ཡང་ནི་དཀར་བ་ཉིད།།

遣去了映着热伭蒂俊眼的醇酒
眷顾亲情而离开战地的持犁者
以她为饮
有福的！
礼敬了妙音河的流水
你的中心会纯净
黝黑的只是身色

1 热伭蒂：Revatī，持犁者波罗罗摩的妻子。

2 持犁者：Lāṅgalin，或译："犁子"（徐），既波罗罗摩，与般度族和俱卢族均有亲谊，所以不忍介入他们的战斗。他曾饮用妙音河的流水。

3 她：tām，妙音河的水。

5 妙音河：Sārasvatī，司掌辩才的妙音天女的圣河。

तस्माद्गच्छेरनुकनखलं शैलराजावतीर्णां

जह्नोः कन्यां सगरतनयस्वर्गसोपानपङ्क्तिम्।

गौरीवक्रभ्रुकुटिरचनां या विहस्येव फेनैः

शंभोः केशग्रहणमकरोदिन्दुलग्नोर्मिहस्ता॥

དེ་ནས་བགྲོད་པའི་ཕྱི་ནས་ཀ་ཁ་ལ་ཡི་གྲོང་ཡོད་ཛོ་ཧྣུའི་བུ་
མོ་རི་རྒྱལ་གྱི།།

ངོས་ལ་བགྲོད་པ་དུག་ཅན་རྒྱལ་པོའི་བུ་ནི་མཐོ་རིས་རྡོ་ཡི་ཐེམ་
སྐས་བགྲོད་པ་བཞིན།།

གང་གིས་དབུ་བའི་ཕྲེང་བ་རྣམས་ཀྱིས་གཽ་རིའི་ཞལ་གྱི་ཁྲོ་གཉེར་
རྣམས་ལ་ཀྲོད་པ་བཞིན།།

བདེ་འབྱུང་སྐྲ་ནས་རླབས་ཀྱི་ལག་པ་དག་གིས་བཟུང་ནས་ཟླ་
ཕྱེད་ཕྲོགས་པར་བྱེད་པ་བཞིན།།

羯那恪罗
恒河

从那儿去往羯那恪罗附近
查赫鲁的女儿从山王下降
她是萨迦罗苗裔升天的梯航
飞溅的水沫仿佛在取笑
女神颦眉蹙目的怒容
激流的臂膊汇入月冠
挽住了商菩的发卷

1 羯那恪罗：Kanakhala，地名，在恒河附近。

2 查赫鲁的女儿：jahnoḥ kanyām，恒河，她是仙人查赫鲁的女儿，发源于山王喜马拉雅。

3 萨迦罗苗裔升天的梯航：sagaratanayasvargasopānapaṅktim，恒河水洗净了萨迦罗族人的业，使他们得以升入天堂。

5 女神：Gaurī，雪山女，湿婆的妻子，恒河从天而降时，为使大地不被淹没，湿婆用头顶的发髻托住了恒河，雪山女因为嫉妒而含怒。

6 激流的臂膊汇入月冠：indulagnormihastā，汇入湿婆头顶新月冠冕的激流仿佛是恒河的臂膊。

7 商菩：Śaṃbhu，湿婆。

तस्याः पातुं सुरगज इव व्योम्नि पश्चार्धलम्बी
त्वं चेदच्छस्फटिकविशदं तर्कयेस्तिर्यगम्भः।
संसर्पन्त्या सपदि भवतः स्रोतसि च्छायया सा
स्यादस्थानोपगतयमुनासंगमेवाभिरामा॥

ཁྱོད་ནི་གལ་ཏེ་དེ་ཡི་ཆུ་འཐུངས་བསམ་ན་ལུས་ཕྱེད་སྤྱ་མ་
མཁའ་ལ་འཕྱང་བ་ནི།།

ལྷ་ཡི་གླང་པོ་བཞིན་ཏེ་ཆུ་རིའི་ཞིང་ནི་དྲི་མེད་དཀར་བའི་ཤེལ་
བཞིན་སྣང་བ་ཉིད།།

ཆུ་བོ་དེ་ལ་ཁྱོད་ཀྱི་གྲིབ་མ་བབས་པས་འཕྲུལ་ལ་ཡང་དག་
འབྱུང་འགྱུར་མཛེས་པ་ནི།།

ཡ་མུ་ན་ཡི་ཆུ་དང་གཾ་གཱ་འགྲོགས་པའི་མཛེས་པ་ལས་འོངས་
གྱུར་ལ་གནས་མ་ཡིན།།

像下身悬空的仙象 1

当你放平身体想要 2

啜饮她晶莹澄澈的流水 3

影子会映在水里 4

那一刻 5

仿佛与雅母那河异地相汇 6

她变得分外美丽 7

1 仙象：suragajaḥ，守卫方域的神象。

2 放平身体：tiryak。金克木先生认为这个词修饰流水，译作："蜿蜒的"。《难语释》对这个词未作解释。《明灯注》(CD：36)，《更生注》(CM：41) 以及 Pūrṇasarasvatī 所著的注释 Vidyullatā (Krishnamachariar 1909: 79-80) 都把 tiryak 释为修饰喝（pātum）的状语。

3 她：tasyāḥ，指恒河。

4 影子：chāyayā，云的影子。

6 雅母那河：Yamunā，一条圣河，色浑黑，与清澈的恒河在阿拉哈巴德（Allahabad）交汇，俯身吸水的黑云朵的影子仿佛是雅母那河的水流在意想不到的地方与恒河相会。

आसीनानां सुरभितशिलं नाभिगन्धैर्मृगाणां

तस्या एव प्रभवमचलं प्राप्य गौरं तुषारैः।

वक्ष्यस्यध्वश्रमविनयने तस्य शृङ्गे निषण्णः

शोभां शुभ्रत्रिनयनवृषोत्खातपङ्कोपमेयाम्॥

རྡོ་ལེབ་སྤེང་དུ་རི་དྭགས་གནས་པས་རི་དྭགས་ལྟེ་བའི་དྲི་བཟང་
འཛིན་པའི་རྡོ་ལྡན་ཞིང་།།

གཾ་གཱ་ཉིད་ཀྱི་ཡབ་གྱུར་ཁ་བས་དཀར་བའི་གཡོ་མེད་གངས་
ལྡན་དེ་ཉིད་ཐོབ་བྱས་ནས།།

ལམ་གྱི་ངལ་བ་རྣམ་པར་འདུལ་བའི་ཚེད་དུ་དེ་ཡི་རྩེ་ལ་སླེབ་
ནས་འདུག་པ་ཡི།།

མཛེས་པ་མིག་གསུམ་པ་ཡི་བཞོན་པ་དཀར་བའི་ཁྱུ་མཆོག་རྭ་
ཡིས་འདམ་ནི་བླངས་པ་བཞིན།།

当你行到她的源头 1

那片岩上留有麝鹿脐香的 2

皑皑雪岭 3

歇在他 4

消却旅途劳倦的峰顶 5

你俊丽宛如 6

三目神白牛掘起的黑泥土 7

1 她的源头：tasyā eva prabhavam，恒河的源头喜马拉雅。

2 那片岩上留有麝鹿脐香的：āsīnānāṃ surabhitaśilaṃ nābhigandhair mṛgāṇām，麝在山岩上憩息，脐间的香腺使岩石变得芬芳。

6 俊丽：śobhām，黑色的雨云停在白雪皑皑的峰顶，仿佛是湿婆的白色神牛在翻掘土地时沾在头顶的黑泥土。

7 三目神：Trinayana，湿婆的名号之一，他的额间有神目。

तं चेद्वायौ सरति सरलस्कन्धसंघट्टजन्मा

बाधेतोल्काक्षपितचमरीबालभारो दवाग्निः।

अर्हस्येनं शमयितुमलं वारिधारासहस्रैर्

आपन्नार्तिप्रशमनफलाः संपदो ह्युत्तमानाम्॥

དེ་ལ་གལ་ཏེ་རླུང་གིས་རབ་བསྐྱོད་ཐང་ཤིང་ལག་པ་ཀུན་ཏུ་
འཐབ་པ་ལས་བྱུང་བའི།།

མེ་ཡི་དུགས་དང་མེ་སྟག་དག་གིས་འབྲོང་གི་དགའ་མའི་སྤྱུ་
ཚོགས་མང་པོ་སྲེག་བྱེད་ན།།

ཁྱོད་ཀྱིས་དེ་རྣམས་ཞི་བའི་ཆེད་དུ་ཆུ་འཛིན་སྟོང་ཕྲག་མང་པོའི་
ཆར་ནི་བྱ་བར་འོས།།

གང་ཕྱིར་ཆེན་པོ་རྣམས་ཀྱི་ཕུན་ཚོགས་འབྲས་བུ་མང་པོའི་སྡུག
བསྔལ་ཞི་བར་བྱེད་པ་ཉིད།།

风起时
相互蹭摩的杪椤树干生出林火
如果飞溅的火星烧着了牦牛尾
折磨着他
你要浇注一千条雨链
把它熄灭 因为
平息灾患是有德者的功业

2 杪椤树：Sarala，学名 *Pinus devadāru*。

3 牦牛：Camarī，山中的一种长尾野牛，学名 *Bos grunniens*。

4 他：tam，喜马拉雅。大火焚毁林木，烧伤兽群，折磨着喜马拉雅。

7 平息灾患是有德者的功业：āpannārtipraśamanaphalāḥ saṃpado hy uttamānām，直译："有德者的功业以平息灾患为结果"。此处以功业译 saṃpad，该词亦可解为财富，如徐、金两位先生所译。

ये त्वां मुक्तध्वनिमसहनाः स्वाङ्गभङ्गाय तस्मिन्

दर्पोत्सेकादुपरि शरभा लङ्घयिष्यन्त्यलङ्घ्यम्।

तान्कुर्वीथास्तुमुलकरकावृष्टिहासावकीर्णान्

के वा न स्युः परिभवपदं निष्फलारम्भयत्नाः॥

དེར་ནི་ཁྱོད་ཀྱི་སྒྲ་ཆེན་བསྒྲགས་ལ་མ་བཟོད་ཆེ་བའི་དྲེགས་པ་
ཀུན་ཏུ་ལྡན་པའི་ཤཱ་རབ་བརྒྱུད་པ།།

ཁྱོད་ཀྱི་སྟེང་དུ་འཚོང་བར་བྱེའོ་སླུམ་ནས་མ་ཚོངས་རང་གི་ཡན་
ལག་ཀུན་ཏུ་རྨས།།

དེ་རྣམས་དག་ལ་རབ་ཏུ་བཞད་ལྡན་སེར་ཆར་པ་དྲག་ཕབ་
མང་པོས་གཞོམ་པར་མཛོད།།

རང་བཞིན་ངན་པར་གནས་པ་དག་གི་འབྲས་མེད་རྩོམ་པའི་
འབད་པ་རྣམས་ནི་ཅི་ཡང་མིན།།

在那儿 你闪开了路径 1

骄慢的八足狮因为不忿 2

会腾身掩袭不可渎犯的你 3

结果是损伤自己的肢体 4

你向它们倾洒 5

轰鸣的雹雨的笑 6

徒劳无功的是弱愚 7

1 在那儿：tasmin，喜马拉雅山中。

闪开了路径：muktadhvanim，云避开了八足狮的路径。八足狮向云袭击，结果被云用雹雨驱散，损伤了自己的肢体，雹雨仿佛是云对徒劳无功的八足狮的戏笑，相对于云，它们是孱弱愚蒙的。这里采用的底本和徐、金两位先生用的底本有差异。

2 八足狮：Śarabha，有八只脚的大力神兽。

तत्र व्यक्तं दृषदि चरणन्यासमर्धेन्दुमौलेः

शश्वत्सिद्धैरुपहृतबलिं भक्तिनम्रः परीयाः।

यस्मिन्दृष्टे करणविगमादूर्ध्वमुद्धूतपापाः

कल्पन्ते ऽस्य स्थिरगणपदप्राप्तये श्रद्दधानाः॥

དེར་ནི་ཆེ་ཞིང་གསལ་བའི་རྡོ་ལ་གཙུག་ན་ཟླ་ཕྱེད་འཛིན་པའི་
རྐང་བཀོད་རྗེས་ལ་ནི།།

རྟག་ཏུ་གྲུབ་པ་རྣམས་ཀྱིས་གཏོར་མ་མཆོད་དོ་ཕྱོད་ཀྱིས་གུས་
པས་ཕྱག་དང་བསྐོར་བ་མཛོད།།

གང་ཞིག་མཐོང་ན་བྱེད་པས་བྲལ་བའི་སྡིག་པ་རྣམས་ནི་ཤིན་
ཏུ་རིང་བར་འདོར་བྱེད་ཅིང་།།

གུས་པ་འཛིན་པ་རྣམས་ནི་དེ་ཡི་འཁོར་དུ་གནས་པ་ཐོབ་བྱེད་
བརྟན་པ་ཐོབ་པར་འགྱུར།།

那里的石上清晰地留着
头戴新月冠冕者的足印
仙人们恒时以神馐供给
你要恭诚垂首绕行致礼
见了它就可以洗清罪愆
虔信人在舍去躯壳之后
可以跻身于随侍的行列

1 那里：tatra，喜马拉雅。

2 头戴新月冠冕者：Ardhendumauli，湿婆。

5 见了它：yasmin dṛṣṭe，见了印有湿婆足印的山石。

7 随侍：Gaṇa，湿婆的随从，不死的神灵。虔诚信仰湿婆的人在参巡了留有湿婆足印的石头后就能在舍身后成为湿婆的侍从，永恒的神祇。

शब्दायन्ते मधुरमनिलैः कीचकाः पूर्यमाणाः

संरक्ताभिस्त्रिपुरविजयो गीयते किंनरीभिः।

निर्ह्रादी ते मुरज इव चेत्कन्दरेषु ध्वनिः स्यात्

संगीतार्थो ननु पशुपतेस्तत्र भावी समस्तः॥

དྲི་བཞོན་རྣམས་ཀྱིས་ཁེངས་པར་གྱུར་པའི་སྨྱིག་སྦོམ་ནང་ནས་
སྙན་པའི་ཡིད་འོང་སྒྲ་འབྱུང་ཞིང་།།

མིའམ་ཅི་མོ་རྣམས་ཀྱིས་གྲོང་ཁྱེར་གསུམ་རྒྱལ་གྱུར་ལས་ཡང་
དག་དགའ་བས་གླུ་དབྱངས་སྒྲོག།

རྔ་ཟླུམ་སྙན་པའི་སྒྲ་བཞིན་གལ་ཏེ་ཁྱོད་ཀྱིས་རི་ཡི་གཙུག་ལག་
ཁང་དེར་སྒྲ་བརྙན་ནི།།

བསྒྲགས་པར་གྱུར་ན་ངེས་པར་ཕྱུགས་བདག་རྡུང་དུ་གསུམ་
འདུས་དབྱངས་སྙན་དོན་གྱི་ཚོགས་པ་འབྱུང་།།

和风充溢的竹丛
送出悠扬的音声
甜嗓的紧那罗女子
歌咏赞颂征服三城
你回荡在岩穴中的雷吟
若能充作鼙鼓
兽主的乐府便就此告成

3 紧那罗女子：Kiṃnarī，一类精灵，是天界的女乐师。

4 征服三城：Tripuravijaya，三城的征服者，湿婆。

7 兽主：Paśupati，湿婆。

乐府：saṃgītārthaḥ，赞颂湿婆的乐队。

प्रालेयाद्रेरुपतटमतिक्रम्य तांस्तान्विशेषान्

हंसद्वारं भृगुपतियशोवर्त्म यत्क्रौञ्चरन्ध्रम्।

तेनोदीचीं दिशमनुसरेस्तिर्यगायामशोभी

श्यामः पादो बलिनियमनाभ्युद्यतस्येव विष्णोः॥

གངས་ཀྱི་རི་ལ་ཉེ་བའི་ཐང་ལ་རྐང་པ་བསྐྱོད་ཚེ་དེ་དང་དེ་ཡི་ཁྱད་པར་ལ།།

ཀྲཽཉྩའི་རི་ཡི་ལམ་ལ་རབ་གྲགས་བྷྲྀ་གུའི་བདག་པོའི་མདའ་ཕུགས་ངང་པའི་སྒོ་གང་ཡོད།།

དེ་ནས་ནོར་སྦྱིན་ཕྱོགས་སུ་ཁྱོད་ནི་རྗེས་སུ་འགྲོ་ཚེ་འཁྱོག་པོར་འགྲོ་བའི་མཛེས་པ་ནི།།

སྟོབས་ལྡན་བསླུ་བའི་ཆེད་དུ་ཁྱབ་འཇུག་ས་འཛལ་རྐང་པ་སྔོ་བསངས་ཡང་དག་བཀོད་པ་བཞིན།།

谷禄峡

循着雪岭你越过一处处胜景
在成就持斧罗摩美名的谷禄峡
那天鹅来往的门径
黧黑俊美的你
舒展身躯向北行进
仿佛毗湿奴腾身
踏倒勃力的劲足

2 成就持斧罗摩美名：bhṛgupatiyaśovartman，谷禄峡是持斧罗摩在和战神竞技时用箭射开的一条通路，天鹅从这里飞往玛纳斯湖。

谷禄峡：Krauñcarandhra，音译，或译：高车谷（徐）。

7 勃力：Bali，毗湿奴化身为侏儒时用脚踏倒的魔神。黑色的雨云仿佛是肤色黝黑的毗湿奴举身蹬踏时的巨足。

गत्वा चोर्ध्वं दशमुखभुजोच्छ्वासितप्रस्थसंधेः

कैलासस्य त्रिदशवनितादर्पणस्यातिथिः स्याः।

शृङ्गोच्छ्रायैः कुमुदविशदैर्यो वितत्य स्थितः खं

राशीभूतः प्रतिदिशमिव त्र्यम्बकस्याट्टहासः॥

མགྲིན་བཅུའི་ལག་པས་བསྐྱོད་བྱ་རི་ངོས་སྤྱངས་པ་དང་ལྡན་
ཤེལ་གྱི་གཻ་ལཱ་ཤ་ཡི་རི།།

སྐབས་གསུམ་མཛེས་མའི་མེ་ལོང་བསྟན་བྱའི་སྟེང་དུའང་སོང་
སྐྱེ་ཚུར་ཟད་གནས་པར་བྱ།།

གང་གི་རྩེ་མོ་ཤིན་ཏུ་མཐོ་བ་ཀུ་མུ་ཏ་ལྟར་མཁའ་ལ་ཁྱབ་པར་
གནས་པ་ནི།།

མིག་གསུམ་པ་ཡི་རབ་ཏུ་རྒོད་པ་ཕྱོགས་བཅུ་དག་ནས་གཅིག་
ཏུ་སྤུངས་པར་གྱུར་པ་བཞིན།།

凯拉什山

北行去凯拉什作客
十首魔曾用手分裂这里的峰峦
三十三天的女仙把它当作镜台
它横空矗立
高峻的峰顶皎如白莲
仿佛是三目神的长笑
在方所中积淀

2 十首魔：Daśamukha，居住在楞迦岛的神魔。

4 它：yaḥ，凯拉什山。在诗人的眼里，白雪皑皑的凯拉什山是由湿婆的长笑在空间里积淀而成。

6 长笑：aṭṭahāsaḥ，在梵语文学中，笑总是被比作是白色的。

7 方所：pratidiśam，各个方向，在空间里。

उत्पश्यामि त्वयि तटगते स्निग्धभिन्नाञ्जनाभे

सद्यःकृत्तद्विरददशनच्छेदगौरस्य तस्य।

लीलामद्रेः स्तिमितनयनप्रेक्षणीयां भवित्री-

मंसन्यस्ते सति हलभृतो मेचके वाससीव॥

དེ་ཡི་རི་ངོས་དག་ལ་ཁྱོད་ནི་འགྲོ་ཆེ་སྨུམ་པའི་མིག་སྨན་དག་
དང་མཚུངས་པ་དང་།།

དེ་ནི་གཉིས་འཐུང་སོ་ནི་འཕྲལ་ལ་བཅད་པར་བྱས་པ་ལྟ་བུར་
དཀར་ཞིང་མཛེས་པ་དེ།།

མཛེས་པའི་རི་བོ་ལ་ནི་གཡོ་བ་མེད་པའི་མིག་གིས་བལྟ་བྱ་ཉིད་
དུ་འགྱུར་བ་དང་།།

སྟོབས་བཟང་དཀར་བའི་དཔུང་པ་དག་ལ་གོས་སྔོན་བགོད་པར་
གྱུར་བཞིན་འབྱུང་བ་བདག་གིས་ཤེས།།

我看见山脊上的你
漆黑如同捣碎的眼蜜
而那雪岭皎洁得仿佛
新截的象齿
那是要凝神注目的美
恍如持犁者
肩上的玄衣

2 眼蜜:Añjana，一种黑色膏状化妆品，用以抹饰眼部，或译为:“腻脂”(徐)，或译为:“涂眼乌烟”(金)。

4 新截的象齿:sadyaḥkṛttadviradadaśana，雪岭如同刚截断的象牙断面一般洁白。

7 肩上的玄衣:aṃsanyaste...mecake vāsasi，黑色的云倚在洁白的山脊，仿佛是持犁者波罗罗摩搭在肩上的一袭黑衫。

हित्वा तस्मिन्भुजगवलयं शंभुना दत्तहस्ता

क्रीडाशैले यदि च विहरेत्पादचारेण गौरी।

भङ्गीभक्त्या विरचितवपुः स्तम्भितान्तर्जलौघः

सोपानत्वं व्रज पदसुखस्पर्शमारोहणेषु॥

དེར་ནི་བདེ་འབྱུང་སྦྲུལ་གྱི་གདུ་བུ་དོར་ནས་གཽ་རིའི་ལག་པ་
འཛིན་བྱེད་ཅིང་།།

གལ་ཏེ་ཡང་ནི་རོལ་རྩེད་ཆེད་དུ་ཞབས་ཀྱིས་འགྲོ་བས་རི་ལ་དེ་
དག་དལ་འགྲོ་ན།།

ཁྱོད་བསྒྲོད་ལུས་ནི་འཁྱོག་པོར་འགྲོ་ཞིང་ནང་ན་གནས་པའི་ཆུ་
ཆེན་དག་ནི་སྒྲང་བྱ་ཞིང་།།

སྐམ་པར་བྱས་ནས་སྟེང་དུ་འགྲོ་བ་རྣམས་ལ་རྐང་པའི་བདེ་བ་
རེག་པར་བྱ་བ་མཛོད།།

当雪山女举足 1

游嬉的山间 2

释去了蛇镯 3

商善向她伸出手 4

你收束内里翻腾的水 5

把身体筑成台阶 6

她上升时便触足和软 7

2 游嬉的山间：krīḍāśaile，指凯拉什山，凯拉什山是湿婆和雪山女戏娱的地方。

3 蛇镯：bhujagavalayam，湿婆以巨蛇为镯，为了不让雪山女害怕，他取掉蛇镯，牵住她的手，和她一起上升，夜叉提醒云变作一座稳固的阶梯好让她拾级而上。

तत्रावश्यं वलयकुलिशोद्घट्टनोद्गीर्णतोयं

नेष्यन्ति त्वां सुरयुवतयो यन्त्रधारागृहत्वम्।

ताभ्यो मोक्षस्तव यदि सखे घर्मलब्धस्य न स्यात्

क्रीडालोलाः श्रवणपरुषैर्गर्जितैर्भाययेस्ताः ॥

རིགས་གནས་དེར་ནི་ཁྱོད་ཀྱིས་ཆུ་རྣམས་སྐྱུག་པར་བྱས་པས་
ངེས་པར་ནང་ན་མེད་པ་ན།།

ལྷ་ཡི་ན་ཆུང་རྣམས་ཀྱིས་ཁྱོད་ནི་འཁྲུལ་འཁོར་གྱིས་གཟུང་ཁང་
བཟང་ནང་དུ་འཁྱེར་བར་བྱེད།།

ཀྭ་ཡེ་གྲོགས་བཟང་ཚ་བས་གདུངས་པ་དེ་རྣམས་ཆེད་དུ་གལ་
ཏེ་ཁྱོད་ནི་མི་གཏོང་ན།།

རོལ་སློག་གཡོ་བའི་མཛེས་མ་དེ་རྣམས་རྣ་བར་རྩུབ་པའི་སྒྲ་
ཆེན་བསྒྲགས་པས་འཇིགས་པར་བྱ།།

那儿的天女定会用
钏镯的锋棱摩触你
让你降雨 把你变作洗浴房
好友！逐夏而至的你
若是不能从她们脱身
那就炸响刺耳的惊雷
吓住她们恣肆的游戏

1 那儿：tatra，凯拉什山。天女钏镯锋棱的摩触会让云降雨。

4 逐夏而至的你：gharmalabdhasya，初夏的云带来清凉的雨，所以天女们不愿放他走。

हेमाम्भोजप्रसवि सलिलं मानसस्याददानः

कुर्वन्कामात्क्षणमुखपटप्रीतिमैरावणस्य।

धुन्वन्वातैः सजलपृषतैः कल्पवृक्षांशुकानि

च्छायाभिन्नः स्फटिकविशदं निर्विशेस्तं नगेन्द्रम्॥

ཆུ་ཐིགས་དག་གིས་བྲན་པ་དང་ལྡན་དྲི་བཞོན་གྱིས་བསྐྱོད་དཔག་
བསམ་ཤིང་ལ་གཡོ་བཞིན་དུ།།

ཁྱོད་ཀྱི་གྲིབ་འོད་ཤེལ་ལྟར་དཀར་བའི་འོད་ཀྱིས་རི་དབང་དེ་ནི་
གཡོག་བྱ་ཞིང་།།

ཡིད་འོང་མཚོ་ནི་གསེར་གྱི་ཆུ་སྐྱེས་གེ་སར་ལྡན་དེའང་འཐུང་
བ་དང་།།

ས་སྲུངས་བུ་ཡི་གདོང་བའི་གོས་ནི་འདོད་ཅིང་དགའ་བའང་སྐད་
ཅིག་བྱ་བར་མཛོད།།

啜饮玛纳斯湖荡漾着
金色莲花的水
随意给因陀罗的仙象
送去一抹荫凉
鼓动带着雨点的清风
摇曳树的衣裳
你和影子畅享晶莹的山王

6 树的衣裳：kalpavṛkṣāṃśukāni，凯拉什山中可以满足人们各种愿望的树木仿佛是他的衣裳。

7 你和影子：chāyābhinnaḥ，云和它的影子一起享受凯拉什山上的种种美妙的情景。此处所据底本与徐、金两位先生所据底本有异。

तस्योत्सङ्गे प्रणयिन इव स्रस्तगङ्गादुकूलां

न त्वं दृष्ट्वा न पुनरलकां ज्ञास्यसे कामचारिन्।

या वः काले वहति सलिलोद्गारमुच्चैर्विमाना

मुक्ताजालग्रथितमलकं कामिनीवाभ्रवृन्दम्॥

ཀཱ་ཡེ་འདོད་བཞིན་རྒྱུ་བྱེད་ཁྱོད་ནི་དེ་ལས་རྒྱལ་ཆེ་ལྷུང་ལོ་ལྡན་
མ་ཤེས་པར་འགྱུར།།

སླར་ཡང་རི་དེ་གཡོ་ལྡན་གཾ་གཱའི་ཆུ་གོས་ལྡན་མའི་བདག་པོ་
བཞིན་དུ་མི་མཐོང་མིན།།

མཐོ་བའི་གཞལ་མེད་ཁང་སྟེང་ཆར་སྤྲིན་ཆེ་ལས་ཁྱོད་ཀྱིས་ཆུ་
བྱས་སྐྱུག་བྱས་དུས་སུ་ནི།།

གང་ཞིག་འདོད་ལྡན་མ་ནི་ལན་བུ་མུ་ཏིག་དྲ་བ་བསྒྲིགས་པའི་
ཕྲེང་བ་ལྡན་པ་བཞིན།།

在他山间的阿罗迦
仿佛倚在爱人怀里
恒河是她滑落的丝衣
如愿而行的！你见了就不会不识
你来时 她用七重高阁托住
充满雨滴的黑云朵
宛如伊人头顶 珠鬘编织的发髻

1 他：tasya，凯拉什山，他被喻作阿罗迦城的爱人。

4 如愿而行的：kāmacārin，指云，云可以变化随心，畅行无阻。

5 她：yā，阿罗迦，坐落在凯拉什山中的阿罗迦仿佛是一位倚在爱人怀中的美丽女子，映带在山下的恒河仿佛是她滑落的丝衣，华丽的殿阁托住那昭示雨季来临的充满雨滴的黑云朵，仿佛是她头顶承载珍珠蔓络装饰的黝黑的发髻。

विद्युत्वन्तं ललितवनिताः सेन्द्रचापं सचित्राः

संगीताय प्रहतमुरजाः स्निग्धगम्भीरघोषम्।

अन्तस्तोयं मणिमयभुवस्तुङ्गमभ्रंलिहाग्राः

प्रासादास्त्वां तुलयितुमलं यत्र तैस्तैर्विशेषैः॥

ཁྱོད་ལ་གློག་འོད་ལྡན་བཞིན་སྒེག་པའི་མཛེས་མ་དང་ལྡན་དབང་
པོའི་གཞུ་བཞིན་བཀྲ་བར་ལྡན།།

སྙན་པའི་དབྱངས་ནི་ཟབ་པ་བཞིན་དུ་གླུ་དབྱངས་དག་དང་རོལ་
མོའི་དབྱངས་སྙན་རྣམས་དང་ལྡན།།

ཆུ་ཡི་སྙིང་པོ་ཅན་བཞིན་ས་གཞི་ནོར་བུའི་རང་བཞིན་མཐོ་བཞིན་
རྩེ་མོ་མཁའ་ལ་རེག།

གང་དུ་ཁྱད་པར་དེ་དེ་རྣམས་ཀྱིས་ཁྱོད་དང་ཁང་བཟང་མཚུངས་
པའི་ཆེད་དུ་ནུས་པར་ལྡན།།

闪电 妩媚的女子
因陀罗弓 彩图画
深沉悦意的雷吟 伴歌咏的伐鼓声
内蕴的水滴 珠宝砌成的地
用这种种绮丽
那儿层楼接入云端的殿阁
恰能与高远天际的你相匹

2 因陀罗弓：Indracāpa，帝释天的弓弩，彩虹的藻饰词。

6 那儿：yatra，在阿罗迦。

7 相匹：tulayitum alam，殿阁里妩媚的女子，彩色的图画，鼓声，珠宝地，正好可以与云里的闪电，彩虹，雷吟和雨滴相媲美。

हस्ते लीलाकमलमलकं बालकुन्दानुविद्धं

नीता लोध्रप्रसवरजसा पाण्डुतामाननश्रीः।

चूडापाशे नवकुरवकं चारु कर्णे शिरीषं

सीमन्ते च त्वदुपगमजं यत्र नीपं वधूनाम्॥

གང་དུ་ན་ཆུང་རྣམས་ནི་ལག་པད་མཛེས་ཤིང་ལན་བུའི་ཀུནྡ་
གཞོན་ནུས་སྐྲ་ནི་འཆིང་།།

གདོང་གི་ཆུ་སྐྱེས་འཛུམ་ཞིང་དཀར་བའི་གེ་སར་དཔལ་ནི་གསར་
པ་དག་གིས་མཛེས་བྱས་ཤིང་།།

གཙུག་ཕུད་ཀུ་རུ་བ་ཀའི་མེ་ཏོག་ཞགས་པས་བཅིངས་པ་མཛེས་
ཤིང་རྣ་བར་ཨུཏྤལ་ཅན།།

སྐྲ་མཚམས་བཀྲ་བའི་མེ་ཏོག་དག་དང་ལྡན་པའང་ཁྱོད་ནི་ཉེ་
བར་འོངས་ལས་སྐྱེ་བ་ཡིན།།

那里的女子持莲为戏 1

发间插着娇嫩的君答 2

用楼咤花粉敷白面颊 3

髻上是新开的鸡头花 4

耳边有鲜艳的合昏 5

装点发际的是 6

你来时绽放的荔波花 7

1 那里：yatra，阿罗迦。

女子：vadhūnām，描写阿罗迦女子一年六个季节中的装束：秋天持莲，霜季时戴君答花，冬天用楼咤花粉敷面，春天折鸡头花插髻，夏天把合昏作耳环，雨季云来时则用荔波花装点发际。

2 君答：Kunda，学名 *Jasmimum pubescens*。

3 楼咤：Lodhra，学名 *Symplocos racemosa*。

4 鸡头花：Kuravaka，学名 *Gomphraena globosa*。

5 合昏：Śirīṣa，学名 *Acacia sirissa*。

7 荔波花：Nīpa，学名 *Nauclea kadamba*。

यस्यां यक्षाः सितमणिमयान्येत्य हर्म्यस्थलानि

ज्योतिश्छायाकुसुमरचनान्युत्तमस्त्रीसहायाः।

आसेवन्ते मधु रतिफलं कल्पवृक्षप्रसूतं

त्वद्गम्भीरध्वनिषु शनकैः पुष्करेष्वाहतेषु॥

གང་གི་དཀར་པོའི་ནོར་བུ་དང་ལྡན་རིན་ཆེན་འོད་ཀྱིས་ཁྱབ་པ་
ཆུ་སྐྱེས་ལྟར་མཛེས་པའི།།

ཡང་ཐོག་གཞི་ལ་གནོད་སྦྱིན་རྣམས་ནི་མཆོག་གི་དགའ་མ་དང་
བཅས་ཡང་དག་གནས་བྱས་ནས།།

དཔག་བསམ་ཤིང་ལས་རབ་ཏུ་འབྱུངས་པའི་དགའ་མའི་རོ་ལྡན་
ཆང་ནི་ཀུན་ཏུ་འཐུང་བྱེད་ཅིང་།།

དལ་བུ་རྣམས་ཀྱིས་རབ་ཏུ་རྔ་རྣམས་ལ་ནི་བརྡུངས་པ་ཁྱོད་ཀྱི་
འབྲུག་སྒྲ་ཟབ་པའི་དབྱངས་སྙན་བཞིན།།

那里的夜叉和漂亮女伴
在水晶铺地的层楼顶
畅饮用愿望树汁酿成的
欢果酒
闪耀的星光结成束束花环
那缓缓应节的鼓音
仿佛你低沉的雷吟

1 那里：yatra，阿罗迦。

4 欢果酒：Ratiphala，导引爱乐的蜜酒。或译："爱果"（徐），或译："行乐果"（金）。

5 闪耀的星光结成束束花环：jyotiśchāyākusumaracanāni，星光映在水晶地面，仿佛洁白的花环。

यत्र स्त्रीणां प्रियतमभुजोच्छ्वासितालिङ्गितानाम्

अङ्गग्लानिं सुरतजनितां तन्तुजालावलम्बाः।

त्वत्संरोधापगमविशदैश्चोतिताश्चन्द्रपादैर्

व्यालुम्पन्ति स्फुटजललवस्यन्दिनश्चन्द्रकान्ताः॥

གང་དུ་བུད་མེད་རྣམས་ཀྱི་བདག་པོ་མཆོག་གི་ཀུན་ནས་འཁྱུད་
པ་རྣམས་ནི་བཏང་བ་ན།།

ལུས་ནི་ཀུན་ནས་གདུང་བར་བྱེད་ལ་ཟླ་བ་ཆུ་ཤེལ་སྲད་བུའི་དྲ་
བ་འཕྱང་བ་ཅན།།

ཁྱོད་ཀྱིས་བསྒྲིབས་པ་མེད་ཅིང་དཀར་བའི་ཟླ་བའི་འོད་རྣམས་
གསལ་བར་མཐོང་བར་གྱུར་པ་ན།།

ཆུ་ཐིགས་འབབ་པ་ཀུན་ནས་བྱུགས་པས་ཞི་བར་བྱེད་ཅིང་མཆོག་
ཏུ་དགའ་བ་བསྐྱེད་པ་ཉིད།།

那里的女子
从爱人的怀抱中脱开
悬在丝络上的月亮石
被你移身之后
皎洁的月光摧动
挂满水晶般的露滴
洗去她们欢爱的倦惫

1 那里：yatra，阿罗迦。

4 被你移身之后：tvatsaṃrodhāpagama，云移走之后，月光更加皎洁。

5 皎洁的月光摧动：cotitāś candrapādaiḥ，此处所据底本和金、徐两位先生有异。

7 洗去：vyālumpanti，月亮石的光芒驱除她们爱乐后的疲惫。

नेत्रा नीताः सततगतिना यद्विमानाग्रभूमीर्
आलेख्यानां सलिलकणिकादोषमुत्पाद्य सद्यः ।
शङ्कास्पृष्टा इव जलमुचस्त्वादृशा यत्र जालैर्
धूमोद्गारानुकृतिनिपुणा जर्जरा निष्पतन्ति ॥

གང་དུ་ཆུ་འཛིན་ས་སྟེང་གནས་རྣམས་འདྲེན་བྱེད་རྟག་འགྲོས་
གཞལ་མེད་ཁང་ནང་དེད་པ་ན།།
གང་ཞིག་རང་གི་ཆུ་ཐིགས་དག་གིས་བཀྲ་བའི་རི་མོ་རྣམས་
ལ་འཕྲལ་དུ་སྐྱོན་བྱུང་ནས།།
ངོ་ཚས་རིག་པ་བཞིན་དུ་ཁྱོད་འདྲ་དུམ་བུ་དུམ་བུ་དག་ཏུ་འཐོན་
པར་བྱེད་པ་ནི།།
དྲ་མིག་རྣམས་ཀྱི་ནང་ནས་དུ་བ་ཞུགས་པ་ཐོན་པ་རྣམས་ཀྱི་
རྗེས་སུ་བྱེད་པ་བཞིན།།

被运行不息的风引向
她殿阁的顶层
与你形似的云
用水滴染污了画图
仿佛因为忧惧
弄巧化作烟雾
它从窗间遁形

2 她殿阁的顶层：yadvimānāgrabūmīḥ，指阿罗迦城中殿阁的顶层。

4 画图：ālekhya，殿阁顶层中悬的画图。

नीवीबन्धोच्छ्वसितशिथिलं यत्र यक्षाङ्गनानां
वासः कामादनिभृतकरेष्वाक्षिपत्सु प्रियेषु।
अर्चिस्तुङ्गानभिमुखमपि प्राप्य रत्नप्रदीपान्
ह्रीमूढानां भवति विफलप्रेरणा चूर्णमुष्टिः॥

གང་དུ་ཆགས་པས་གནོད་སྦྱིན་བུད་མེད་རྣམས་ཀྱི་འོག་པག་
བཅིངས་པ་འགྲོལ་ཞིང་གོས་དག་ནི།།
བསལ་ལ་མཛའ་བོ་རྣམས་ལ་འདོད་ནས་འདར་བར་གྱུར་ཅིང་
གཡོ་བའི་ལག་པ་འཕེན་པ་ན།།
མཆོག་ཏུ་ཆེ་བའི་འོད་ཟེར་དང་ལྡན་རིན་ཆེན་མར་མེ་མདོན་དུ་
གནས་པ་མཐོང་བྱས་ནས།།
ངོ་ཚས་རྨོངས་པ་རྣམས་ཀྱི་ལག་པ་དག་གིས་ཕྱེ་མ་གཏོར་བར་
གྱུར་པ་འབྲས་མེད་འགྱུར།།

那儿 情急的爱人
用鲁莽的手拽开
夜叉女的衣带
火焰炽盛的珠宝灯盏
就在目前
羞赧中掷出的一把沙粒
却归于徒然

1 那儿：yatra，在阿罗迦。

3 夜叉女：yakṣāṅgānām，此处所据底本和金、徐两位先生有异。

6 掷出的一把沙粒：cūrṇamuṣṭiḥ，夜叉女想用沙粒熄灭灯盏，因为羞窘却没有命中。

गत्युत्कम्पादलकपतितैर्यत्र मन्दारपुष्पैः

पत्रच्छेदैः कनककमलैः कर्णविभ्रंशभिश्च।

मुक्ताजालैः स्तनपरिचितच्छिन्नसूत्रैश्च हारैर्

नैशो मार्गः सवितुरुदये सूच्यते कामिनीनाम्॥

གང་དུ་རབ་བགྲོད་ཆེས་ཆེར་འདར་བས་ལན་བུ་ལྷུང་ཞིང་མནྡཱ་
ར་བའི་མེ་ཏོག་ནི།།

མཚར་བར་གྱུར་ཅིང་རྣ་བའི་རྒྱན་གྱུར་རབ་མཛེས་གསེར་གྱི་མེ་
ཏོག་ལྷུང་བར་གྱུར་པ་དང་།།

ནུ་རྒྱུས་སྨུ་ཏིག་དྲ་བ་མཚར་བར་གྱུར་ཅིང་དོ་ཤལ་སྲད་བུ་ཆད་
པར་གྱུར་པ་ཡིས།།

འདོད་ལྡན་མ་རྣམས་མཚན་མོ་ལམ་དུ་འགྲོ་ལ་བྱུང་བ་འོད་ལྡན་
ཤར་ཚེ་གསལ་བར་བྱེད།།

那儿 行步时坠落了
发间的曼陀罗花
耳际的叶卷 金莲
珍珠蔓
和穿绳在乳间断裂的花环
太阳升起时它们指示
嬉游女子夜里的行迹

2 曼陀罗花：Mandāra，学名 *Erythrina indica*。

4 珍珠蔓：muktājālaiḥ，珍珠串成的发饰。

7 夜里的行迹：naiśo mārgaḥ，恋爱中的女子夜间去幽会时从发间、耳际和乳上坠落的鲜花、首饰在清晨告诉人们她们的行踪。

मत्वा देवं धनपतिसखं यत्र साक्षाद्वसन्तं

प्रायश्चापं न वहति भयान्मन्मथः षट्पदज्यम्।

सभ्रूभङ्गप्रहितनयनैः कामिलक्ष्येष्वमोघैस्

तस्यारम्भश्चतुरवनिताविभ्रमैरेव सिद्धः॥

གང་དུ་གནོད་སྦྱིན་བདག་པོའི་གྲོགས་བཟང་ལྷ་ཉིད་མངོན་སུམ་ཉིད་དུ་གནས་པ་ཤེས་བྱས་ནས།།

འཇིགས་པ་མང་ལས་ཡིད་སྐྱུབས་གཞུ་ནི་ཀང་དྲུག་པ་ཡི་གཞུ་རྒྱུད་ཅན་དེ་དོར་བས་ཆོག།

བདག་པོའི་འབེན་ལ་མཛེས་མའི་སྨིན་མ་འཁྱོག་པོའི་གཞུ་ལ་ཟུར་མིག་གཡོ་བ་དག་གི་མདའ།།

རོལ་སླིག་གཡོ་བ་རྩོམ་པར་བྱེད་པ་ཉིད་ཀྱིས་དེ་ཡི་འབྲས་བུ་ངེས་པར་གྲུབ་པ་ཉིད།།

知道大神是财富主的密友
会在那儿留驻
扰意者因为戒惧
就不再带蜂弦的弓弩
借妙解风情的佳人对多情男
从不落空的娇媚的颦眉蹙目
他完成职守

1 大神：devam，湿婆，他是财富主毗沙门天的好友，常在阿罗迦留驻。

3 扰意者：Manmathaḥ，“扰人心意的”，爱神的藻饰词。他曾被湿婆焚为灰烬，所以还有余悸，不敢带以蜜蜂为弦的弓弩去阿罗迦，只好借佳人的媚眼去完成职守。

तत्रागारं धनपतिगृहादुत्तरेणास्मदीयं

दूराल्लक्ष्यं तदमरधनुश्चारुणा तोरणेन।

यस्योद्याने कृतकतनयः कान्तया वर्धितो मे

हस्तप्राप्यस्तबकनमितो बालमन्दारवृक्षः॥

དེ་ན་ནོར་གྱི་བདག་པོའི་ཁང་བཟང་ལས་ནི་བྱང་གི་ཕྱོགས་ན་
བདག་གི་གྲོང་ཁྱེར་ནི།།

མཐོ་རིས་བདག་པོའི་གཞུ་དང་འདྲ་བའི་རྟ་བབས་མཛེས་པས་
རིང་ནས་མཚན་པར་བྱས་པ་སྟེ།།

གང་གི་སྐྱེད་མོས་ཚལ་ན་མནྡཱ་ར་དང་ལྗོན་ཤིང་གཞོན་ནུ་བདག་
གི་མཛེས་མའི་བུ་ལྟར་ནི།།

བསྐྱངས་པའི་འཕེལ་བའི་མེ་ཏོག་ཆུན་འཕྱང་ཕུར་དུ་འཕྱང་བ་
ལག་པས་ཐོབ་བྱ་ཡོད།།

我的家在那儿
在财富主殿宇的北方
很远就能看得见
它拱形的门楼美如神的弓弩
院里有一株幼小的曼陀罗树
被花累压弯 伸手便够着
我的爱人认它为子 把它呵护

1 在那儿：yatra，在阿罗迦。

4 神的弓弩：Amaradhanus，彩虹的藻饰词。

5 曼陀罗树：Mandāravṛkṣa，即愿望树，可以随人心意，赐予果实。

7 认它为子：kṛtakatanayaḥ，夜叉的妻子把小芒果树当作自己的儿子。

वापी चास्मिन्मरकतशिलाबद्धसोपानमार्गा

हैमैः स्यूता कमलमुकुलैः स्निग्धवैडूर्यनालैः ।

यस्यास्तोये कृतवसतयो मानसं संनिकृष्टं

न ध्यास्यन्ति व्यपगतशुचस्त्वामपि प्रेक्ष्य हंसाः ॥

བཀོད་མ་བཟང་མོའི་ཆུ་ནི་མར་ཀ་ཏའི་རྡོ་ཡི་ཕྲེང་བ་བསྒྲིགས་པའི་ལམ་སྐས་ཅན།།

འདི་ན་མཛེས་པའི་གསེར་གྱི་པདྨ་ཀྱུས་པ་རིན་ཆེན་རྩ་ལྡན་རྣམས་ཀྱིས་ཁྱབ་པ་སྟེ།།

གདུང་བ་དང་བྲལ་ངང་པའི་ཚོགས་རྣམས་དག་ནི་གཾ་གཱའི་ཆུ་ལ་གནས་པར་བྱས་པའི་ཚེ།།

ཁྱོད་ཉིད་ཡང་དག་མཐོང་བར་གྱུར་ཀྱང་ཉེ་བར་གནས་པའི་ཡིད་འོང་མཚོ་ལ་འགྲོ་མི་འགྱུར།།

绿鸦鹘砌成那里水池的阶梯
丛丛金色莲花
茎秆碧绿仿佛吠琉璃
天鹅来这水中营居
无忧无虑
玛纳斯就在近旁
是望见了你 却无意前往

1 绿鸦鹘：Marakata，绿玉石。

那里：asmin，夜叉家。

7 是望见了你：tvām api prekṣya，望见云，天鹅会出发去玛纳斯湖，但因为留恋夜叉家的荷花池，就没有动身去那里。

तस्यास्तीरे रचितशिखरः पेशलैरिन्द्रनीलैः

क्रीडाशैलः कनककदलीवेष्टनप्रेक्षणीयः।

मद्गेहिन्याः प्रिय इति सखे चेतसा कातरेण

प्रेक्ष्योपान्तस्फुरिततडितं त्वां तमेव स्मरामि॥

ཀྭ་ཡེ་གྲོགས་བཟང་ཁྱོད་ནི་གློག་གི་དགའ་མ་གཡོ་བཞིན་ཉེ་
བར་མཐོང་བར་གྱུར་པ་ན།།

མཚོ་དེའི་ངོགས་ན་མཛེས་པའི་རི་བོ་ཡིད་འོང་མཆོག་གི་ཨིནྡྲ་
ནཱི་ལ་རྣམས་ཀྱིས་ནི།།

རྩེ་མོ་མཛེས་པར་བྱས་པ་གསེར་གྱི་ལྗོན་པ་རྣམས་ཀྱིས་བསྐོར་
བ་ཁྱོད་ཀྱིས་བལྟ་བྱ་བ།།

བདག་གི་དགའ་མ་དགའ་བྱེད་དང་བཅས་དེ་ཉིད་སེམས་གདུངས་
བདག་ནི་ཤིན་ཏུ་དྲན་པར་འགྱུར།།

它岸边有一座假山
砌山顶的是美丽的帝青蓝
金色的迦答丽围绕在四周
这惹人爱的是我爱人的所爱
念着不禁伤怀
看到边际闪耀电光的你
我想起了它

1 它：tasyāḥ，夜叉家的池塘。

3 迦答丽：Kadalī，一种脆弱的蕉类植物，学名 *Musa sapientum*。

6 边际闪耀电光的你：upāntasphuritataḍitaṃ tvām，雨云边际闪耀的电光仿佛是围绕假山的金色的迦答丽花，这使得夜叉想到了家里的假山和爱人。

रक्ताशोकश्चलकिसलयः केसरश्चात्र कान्तः

प्रत्यासन्नौ कुरवकवृतेर्माधवीमण्डपस्य।

एकः सख्यास्तव सह मया वामपादाभिलाषी

काङ्क्षत्यन्यो वदनमदिरां दोहदच्छद्मनास्याः॥

དེ་ལ་ཀུ་རུ་བ་ཀའི་ཤིང་གིས་བསྐོར་བའི་ཡལ་གའི་ཁང་བཟང་
དང་ལྡན་ཉེ་བ་ན།།

མྱུ་ངན་མེད་ཤིང་དམར་དང་ཀེ་ས་ར་ཡི་ཤིང་ཆེན་ཡལ་འདབ་
གཡོ་བ་མཛེས་པ་ཡོད།།

གཅིག་ལ་ཁྱོད་ཀྱི་གྲོགས་སུ་གྱུར་མ་བདག་དང་བཅས་པའི་
གཡོན་པའི་རྐང་པས་བསྣུན་འདོད་ཅིང་།།

གཞན་ལ་གདོང་གི་ཆང་འཐུངས་མེ་ཏོག་འབྱུང་བའི་དོན་དུ་
དགའ་མ་དེ་ནི་བདག་འདོད་འགྱུར།།

鸡头花环绕的茉莉香榭近旁
一株枝梢摇曳的红色无忧花
一株可人的巴祜拉
一个和我一样
渴望你好友的左脚
另一个借口要满愿
是想要她口中的美酒

1 鸡头花：Kuravaka。

2 无忧花：Aśoka。

3 巴祜拉：Kesara，即 Bakula（CM：60）。

5 左脚：vāmapāda，无忧树要美人用左脚踢才会开花，夜叉也想念和妻子的温存。

6 满愿：dohada，巴祜拉花要美人含酒喷洒才会开放。

तन्मध्ये च स्फटिकफलका काञ्चनी वासयष्टिर्

मूले बद्धा मणिभिरनतिप्रौढवंशप्रकाशैः।

तालैः शिञ्जद्वलयसुभगैर्नर्तितः कान्तया मे

यामध्यास्ते दिवसविगमे नीलकण्ठः सुहृद्वः॥

དེ་ཡི་དབུས་ན་རབ་དཀར་ཤེལ་གྱི་གཞི་ལ་གསེར་གྱི་སྡོང་པོ་
ཆེ་ཞིང་མཐོ་བར་གནས།།

རྩ་བ་རིན་ཆེན་ཕྲེང་བས་བཅིངས་པ་ཧཱ་ཊ་ཕ་ལམ་ཆེ་བ་མིན་པ་
འོད་འཕྲོ་བ།།

གང་ལ་ཁྱོད་ཀྱི་གྲོགས་བཟང་མགྲིན་སྔོན་གནས་ནས་ཉིན་ཕྱེད་
སོང་ཚེ་རོལ་སྙེག་གར་བྱེད་ཅིང་།།

བདག་གི་མཛེས་མ་རིན་ཆེན་གདུ་བུ་འཁབ་པའི་དབྱངས་སྙན་
སྙལ་བཟང་མཆོག་ཏུ་མཛེས་པ་ཡོད།།

它们中间还有
水晶为座的紫金栖柱
柱脚镶嵌的宝石
油碧如同翠绿的新竹
当我爱人击掌 钏镯丁丁和鸣
你的好友青颈孔雀便起舞
白昼过去 它在那里休息

1 它们中间：tanmadhye，上一首里提到的无忧树和巴祜拉花的中间。

7 在那里：yām，紫金栖柱。

एभिः साधो हृदयनिहितैर्लक्षणैर्लक्षयेथा

द्वारोपान्ते लिखितवपुषौ शङ्खपद्मौ च दृष्ट्वा ।

क्षामच्छायं भवनमधुना मद्वियोगेन नूनं

सूर्यापाये न खलु कमलं पुष्यति स्वामभिख्याम् ॥

དེ་རྣམས་ཀྱིས་ནི་ལེགས་པར་མཚན་པ་ཀཱ་ཡེ་ལེགས་པའི་ཐུགས་
འཛིན་ཁྱོད་ཀྱིས་བལྟ་བར་བྱ།།

སྒོ་ཡི་མཐའ་དང་ཉེ་བ་དག་ན་དུང་དང་པདྨའི་གཟུགས་བྲིས་
མཐོང་བར་བྱས་པ་ན།།

ད་ལྟ་བདག་དང་བྲལ་བར་གྱུར་པས་ངེས་པར་མཛེས་པ་དམན་
པ་ཉིད་དུ་གནས་པར་ངེས།།

ཉི་མ་ནུབ་པར་གྱུར་པས་ངེས་པར་པདྨ་རང་གི་མཛེས་པར་ཉམས་
པར་གྱུར་པ་ཉིད།།

好友！记着这些表征
再看门上画着海螺和莲花
你就能找到我家
因为我离去
现在它一定黯然
太阳消逝
芙蕖便难保鲜妍

1 表征：lakṣaṇa，拱门，小芒果树，有天鹅居住的池塘，假山，无忧树，巴祜拉，紫金栖柱和孔雀。

2 海螺和莲花：śaṅkhapadmau，画在门上的吉祥图案。

6 太阳消逝：sūryāpāye，太阳照耀时荷花才会开放，夜叉离去，家中也黯然失色。

गत्वा सद्यः कलभतनुतां शीघ्रसंपातहेतोः

क्रीडाशैले प्रथमकथिते रम्यसानौ निषण्णः।

अर्हस्यन्तर्भवनपतितां कर्तुमल्पाल्पभासं

खद्योतालीविलसितनिभां विद्युदुन्मेषदृष्टिम्॥

མཛེས་མ་དེ་ནི་ཡོངས་སུ་བསྐྱུང་ཆེད་མྱུར་དུ་གཤེགས་ནས་གླང་
ཕྲུག་ལུས་བཞིན་ཆུང་བ་ཡིས།།

མཛེས་པའི་རི་བོ་དེ་ཡི་རྩེས་ལ་གནས་ནས་དང་པོར་ལེགས་
བཤད་སྙན་པའི་གསུང་གླིང་མཛོད།།

བདག་གི་ཁང་ནང་འཇུག་ཚེ་མེ་ཁྱེར་ཕྲེང་བ་ལྟ་བུའི་སྣང་བ་ཆུང་
ཞིང་ཆུང་བ་ནི།།

མཛེས་ཤིང་རོལ་པའི་གཡོ་བའི་གློག་གི་མིག་ནི་ཕྲུས་ནས་ཁྱོད་
ཀྱིས་བལྟ་བར་བྱ་བར་འོས།།

要快些下降
你就突然化作幼象一般
落在先前说过的
雅致的假山顶
进屋时你轻轻
瞬一瞬闪电的眼神
就像一串放光的萤火虫

2 幼象一般：kalabhatanutām，云化成一头小象般大小，可以顺利进屋。

6 闪电的眼神：vidyudunmeṣadṛṣṭim，夜叉嘱咐云不要太炫耀闪电般的眼神，怕惊吓了妻子。

तन्वी श्यामा शिखरदशना पक्वबिम्बाधरोष्ठी

मध्ये क्षामा चकितहरिणीप्रेक्षणा निम्ननाभिः ।

श्रोणीभाराद्लसगमना स्तोकनम्रा स्तनाभ्यां

या तत्र स्याद्युवतिविषये सृष्टिराद्येव धातुः ॥

དེ་ན་བདག་གི་དགའ་མ་ལུས་ཕྲ་མདོག་མཛེས་གཉིས་སྐྱེས་
བཀྲ་བའི་ཕ་ལམ་མཆུ་དག་ནི༎

བིམྦ་སྨིན་པ་སྐྱེས་པ་ཕྲ་ཞིང་འདྲེན་བྱེད་གཡོ་བའི་རི་དྭགས་མིག་
ཅན་ལྟེ་བ་དམའ༎

རོ་སྨད་སྦོམ་ཞིང་དལ་གྱིས་འགྲོ་མཁས་འོ་མ་འཛིན་པ་དག་གི་
བར་དོག་མཆོག་ཏུ་མཛེས༎

ན་ཆུང་དག་གི་ཡུལ་ལ་བྱེད་པོ་ཚངས་པས་དང་པོ་ཉིད་དུ་སྤྲོས་
པ་ཉིད་དུ་གྱུར༎

瘦俏 黝黑 皓齿尖尖
唇如熟透的频婆一般
细腰深脐 扑闪着驯鹿眼
因丰臀而行路迟缓
因乳重而身躯微弯
她是造物创生少女时的
第一个样板

2 频婆：Bimba，一种红色的小果。夜叉妻子红润的下唇仿佛是熟透的频婆果。

7 第一个样板：ādyā，夜叉妻子身上集中了所有的女性美。

तां जानीयाः परिमितकथां जीवितं मे द्वितीयं

दूरीभूते मयि सहचरे चक्रवाकीमिवैकाम्।

गाढोत्कण्ठां गुरुषु दिवसेष्वेषु गच्छत्सु बालां

जातां मन्ये शिशिरमथितां पद्मिनीं वान्यरूपाम्॥

གཞོན་མ་དེ་ནི་བདག་གི་སྲོག་ནི་གཉིས་པར་ཤེས་པར་མཛོད་
ཅིག་དལ་གྱིས་སྨྲ་བར་བྱ།།

བདག་དང་ལྷན་ཅིག་སྤྱོད་ལ་ཤིན་ཏུ་རིང་བར་གྱུར་ཏེ་ངང་མོ་
གཅིག་པུར་གྱུར་པ་བཞིན།།

འདི་ལ་ཉིན་ཞག་མང་པོ་འོངས་པ་རྣམས་སུ་ཡིད་ལ་གཅགས་
པ་མེད་པ་ཉིད་དུ་འགྱུར།།

དགུན་སྨད་པདྨ་ཅན་ནི་ཁ་བས་ཉམས་པ་བཞིན་དུ་གཟུགས་
གཞན་ཐོབ་པར་བདག་གིས་ཤེས།།

你会看到沉默的她
我的第二生命
当同栖止的我远离
她仿佛独处的雌轮鸟
经过这些沉重的日子
她企盼聚首 一定憔悴
好似霜袭雪扰的莲池

4 雌轮鸟：Cakravākī。轮鸟雌雄相依，但只能在白昼相聚，喻相爱相思。

7 莲池：padminī。一词多义，亦指莲花。

नूनं तस्याः प्रबलरुदितोच्छूननेत्रं बहूनां

निःश्वासानामशिशिरतया भिन्नवर्णाधरोष्ठम्।

हस्तन्यस्तं मुखमसकलव्यक्ति लम्बालकत्वाद्

इन्दोर्दैन्यं त्वदुपसरणक्लिष्टकान्तेर्बिभर्ति॥

དགའ་མ་དེ་ནི་ངེས་པར་མཆི་མ་མང་པོ་བབས་ལས་མིག་འབུར་ཆེ་བ་དག་ཏུ་གྱུར།།

སྙིང་འོག་མཆུ་ཡི་པགས་པ་དག་ནི་ཤུགས་རིང་ཤིན་ཏུ་དྲོ་བའི་དབུགས་དེ་ཡིས་ནི་དུམ་བུར་བྱས།།

གདོང་ནི་ལག་པར་བཀོད་ལ་ལན་བུ་འཕྱང་བས་བསྒྲིབས་ལས་མཐའ་དག་གསལ་བ་མིན་པ་ནི།།

ཟླ་བའི་འོད་ཀྱི་མཛེས་པ་ཁྱོད་ནི་འོངས་པས་བསྒྲིབས་ལས་སྣང་མིན་དམན་པ་འཛིན་པ་བཞིན།།

她一定常常流泪 眼睛红肿
频频呼出的热气息
损伤了下唇的颜色
她手托腮
披散的发缕半遮面颊
仿佛被你掩覆的月亮
黯淡了光华

आलोके ते निपतति पुरा सा बलिव्याकुला वा
मत्सादृश्यं विरहतनु वा भावगम्यं लिखन्ती।
पृच्छान्ती वा मधुरवचनां सारिकां पञ्जरस्थां
कच्चिद्भर्तुः स्मरसि रसिके त्वं हि तस्य प्रियेति॥

གཏོར་མ་བྱེད་པ་འམ་བྲལ་བས་རྗུད་པར་གྱུར་པ་བདག་འདྲ་
ཡིད་ཀྱིས་རྟོགས་བྱ་འབྲི་བ་འམ།།

སྙན་པའི་ཚིག་གིས་སྨྲ་བའི་ཤ་རི་ཀ་ནི་གཟུར་གྱི་ནང་ན་གནས་
པ་ལ།།

ཀྭ་ཡེ་གྲོགས་མོ་རྗེ་བོ་དེ་ཡི་དགའ་མ་དྲན་ནམ་ཞེས་པའི་དྲི་བ་
བྱེད་ཀྱང་ནི།།

ཁྱོད་ནི་མཐོང་བར་གྱུར་པ་ན་ནི་དེ་ནི་མདུན་དུ་འོངས་ཤིང་དགའ་
བར་བྱེད་པར་འགྱུར།།

她就会出现在你面前
或者在准备神馐 或者凭想象
在描绘别后消瘦的我
或者在询问笼中
嗓音甜美的鹦鹉："可人！
你是否想念主人？
你可是他的爱宠！"

2 神馐：bali，供神的米粒，水等。

5 可人：rasike，夜叉的妻子对鹦鹉的昵称。

6 主人：bhartuḥ，夜叉。

उत्सङ्गे वा मलिनवसने सौम्य निक्षिप्य वीणां

मद्गोत्राङ्कं विरचितपदं गेयमुद्गातुकामा।

तन्त्रीरार्द्रा नयनसलिलैः सारयित्वा कथंचिद्

भूयो भूयः स्वयमपि कृतां मूर्छनां विस्मरन्ती॥

ཀྭ་ཡེ་གྲོགས་བཟང་དྲི་མའི་གོས་དང་བཅས་པའི་རང་གི་པང་
བར་པི་ཝང་བཞག་བྱས་ནས།།

བདག་གི་མིང་ནས་བོད་པས་མཚན་ཅེང་འདོད་པའི་དབྱངས་
སྙན་ཆེར་སྒྲོག་སྙན་པར་གྱུར་པའི་ཚིག།

རང་གིས་བྱས་པར་གྱུར་ཀྱང་དབྱངས་སྙན་དུམ་བུ་དུམ་བུར་
བཅད་ནས་སེམ་ཞིང་ཡང་ཡང་ནི།།

མིག་ཆུས་བརླན་པའི་རྒྱུད་མངས་ཙུང་ཟད་ཕྱི་བར་བྱས་ནས་ཀྱང་
ནི་དེ་ནི་འོང་བར་འགྱུར།།

好友！
或许她把吠纳倚在
穿着蒙尘衣裳的怀间
想吟唱嵌有我名字的歌曲
但挥不去的泪水濡湿了弦
一次又一次
自己谱写的曲调也忘记

2 或许：vā，夜叉想象妻子在家的情景。

2 吠纳：Vīṇā，一种类似琵琶的乐器。

शेषान्मासान्विरहदिवसस्थापितस्यावधेर्वा

विन्यस्यन्ती भुवि गणनया देहलीमुक्तपुष्पैः।

संयोगं वा हृदयनिहितारम्भमास्वादयन्ती

प्रायेणैते रमणविरहेष्वङ्गनानां विनोदाः॥

བདག་ནི་འོངས་པའི་ཉིན་ནས་བརྩམས་ཏེ་ཉིན་ཞག་དང་ནི་ཟླ་བ་སོང་བའི་ལྷག་མ་རྣམས།།

ས་ལ་རྣམ་པར་འགོད་ཅིང་སྒོ་ཡི་ནང་དུ་གྲངས་ཀྱི་མེ་ཏོག་རྣམས་ནི་སྐྱུར་བར་བྱེད།།

བདག་ཅག་ནམ་ནི་ཕྲད་པར་འགྱུར་རམ་སྙམ་པ་སྙིང་ལ་སེམས་པའི་རྩོམ་པ་མང་པོ་བྱེད།།

ཕལ་ཆེར་བུད་མེད་རྣམས་ནི་བདག་པོ་བྲལ་བས་ཡིད་ཀྱི་ལས་ཀྱིས་གདུང་བ་མང་པོ་ཉིད།།

或许用从门上取下的花朵
在地上计数从离别时算起
余下的月数
或许在心中回味
欢会的滋味
与爱人离别的女子
多半这样度日

1 用从门上取下的花朵：dehalīmuktapuṣpaiḥ，此处所据底本与徐、金两位先生所据底本有异。

सव्यापारमहनि न तथा पीडयेद्विप्रयोगः

शङ्के रात्रौ गुरुतरशुचं निर्विनोदां सखीं ते।

मत्संदेशैः सुखयितुमतः पश्य साध्वीं निशीथे

तामुन्निद्रामवलिशयनासन्नवातायनस्थः॥

ཉིན་མོའི་བར་ལ་བྱ་བ་དང་ལྡན་བདག་དང་བྲལ་ལས་དེ་ལྟར་
ཤིན་ཏུ་གདུང་མིན་ཡང་།།

མཚན་མོ་ཤིན་ཏུ་རིང་ལས་ཁྱོད་ཀྱི་གྲོགས་མོ་བྱ་མེད་གདུང་བ་
ཆེ་བར་བདག་གིས་ཤེས།།

ལེགས་མ་མཚན་རིངས་རྣམས་ལ་གཉིད་བྲལ་སྟན་མེད་ས་ལ་
ཉལ་ཚོ་དྲ་མིག་ཉེ་བར་ནི།།

གནས་ནས་བལྟ་བྱ་བདག་གི་ཕྲིན་རྣམས་བཟླས་པ་རྣམས་ནི་
བདེ་བའི་ཆེད་དུ་ནུས་པ་ཉིད།།

白天 离别不会
那样困扰忙碌的她
夜间没有娱心的事
也许你的好友会倍觉凄清
要带着我的消息去安慰她
夜静时你停在地榻近处的窗边
探望席地无眠一心一意的她

4 你的好友：sakhīṃ te，指夜叉的妻子，云是夜叉的好友，所以夜叉这样向云称呼自己的妻子。

7 席地无眠：unnidrām，直译：“无眠”，按照习俗，分别时妻子要睡在地上。

आधिक्षामां विरहशयने संनिषण्णैकपार्श्वां

प्राचीमूले तनुमिव कलामात्रशेषां हिमांशोः।

नीता रात्रिः क्षण इव मया सार्धमिच्छारतैर्या

तामेवोष्णैर्विरहमहतीमश्रुभिर्यापयन्तीम्॥

བྲལ་བས་ལྷག་པར་གདུངས་པས་ས་ཡི་གཞི་ལ་གཞོགས་གཅིག་
བསྟེན་ཏེ་ཉལ་བར་གྱུར་པ་ནི།།

ཚེས་གཅིག་ཟླ་བ་ཤར་བ་ཆ་གཅིག་ལྷག་མ་རྩ་བར་གནས་པའི་
ལུས་བཞིན་དུ་ནི་གྱུར།།

བདག་དང་ལྷན་ཅིག་གནས་ཚེ་འདོད་པའི་དགའ་མ་རྣམས་ཀྱིས་
མཚན་མོ་སྐད་ཅིག་བཞིན་དུ་སོང་།།

གང་དེ་ད་ལྟར་བྲལ་བ་ལས་སྐྱེས་མཆི་མ་དྲོན་མོ་རྣམས་བཅས་
ཤིན་ཏུ་རིང་བ་ཉིད།།

她分外憔悴
侧身卧在分离时的床榻
仿佛东方 只余一分的月亮
和我任情欢好时
转瞬逝去的夜
因离别变悠长
要伴着热泪消磨

2 在分离时的床榻：virahaśayane，指地上简陋的卧具。

3 只余一分：kalāmātraśeṣām，下弦月的最后一分。

निःश्वासेनाधरकिसलयक्लेशिना विक्षिपन्तीं

शुद्धस्नानात्परुषमलकं नूनमागण्डलम्बम्।

मत्संयोगः कथमुपनमेत्स्वप्नजोऽपीति निद्राम्

आकाङ्क्षन्तीं नयनसलिलोत्पीडरुद्धावकाशाम्॥

ཁྲུས་ཀྱིས་དག་ཅིང་ཡངས་ཤིང་རྩུབ་པའི་སྐྲ་ཡི་ལན་བུ་འགྲམ་
པ་དག་ལ་འཕྱང་བ་རྣམས།།

དབུགས་ཀྱི་རླུང་གིས་སེལ་བར་བྱེད་པ་རྣམས་ལས་མཆུ་ཡི་
འདབ་མ་དག་ནི་ངལ་བར་དེས།།

གཉིད་ནི་འདོད་པ་མེད་ཅིང་བདག་དང་ཕྲད་པ་ལས་བྱུང་གཉིད་
ནི་ཙུང་ཟད་འབྱུང་འགྱུར་ཞེས།།

དགའ་མ་དེ་ནི་འདྲེན་བྱེད་མཆི་མ་དང་བཅས་ཤིན་ཏུ་གདུངས་
པས་མཐོང་བ་འགོག་པར་བྱེད།།

她呼出的热气息
灼伤娇嫩的下唇
吹动因素净的洗浴变得粗糙
散在双颊的发缕
企盼哪怕是在梦中和我相会
眼中涌动的泪水
却让她无法入眠

1 呼出的热气息：niḥśvāsena，情结于中，呼吸变得灼热。

3 素净的洗浴：śuddhasnānāt，不用香膏的洗浴。

आद्ये बद्धा विरहदिवसे या शिखा दाम हित्वा
शापस्यान्ते विगलितशुचा तां मयोद्वेष्टनीयाम्।
स्पर्शक्लिष्टामयमितनखेनासकृत्सारयन्तीं
गण्डाभोगात्कठिनविषमामेकवेणीं करेण॥

བདག་གིས་བཅིངས་པའི་སྤྱི་གཙུག་ལན་བུ་བྲལ་བའི་ཉི་མ་དང་
པོ་ཉིད་ལ་དོར་བྱས་ནས།།

ལན་བུ་རྣམས་ནི་གཅིག་གྱུར་རེག་པ་རྩུབ་པ་མི་བཟད་འགྲམ་
པ་དག་ལ་གནས་པ་ལས།།

སེན་མོ་རིང་བའི་ལག་པས་རེག་པའི་ཉོན་མོངས་ལྡན་པས་ལན་
ཅིག་མིན་པར་སྐྱུར་བྱེད་མ།།

རྗེ་བོ་ཁྲོས་པའི་བཀའ་ལུང་རྫོགས་ཚེ་གདུང་བྲལ་གྱུར་པ་བདག་
གིས་གང་དེ་འགྲོལ་བར་བྱ།།

离别的第一天
卸去花环 结成了发辫
诅咒结束时
释去忧愁的我会把它解散
她的指甲没有修剪
一次次用手拂开
垂在颊边粗涩的发辫

पादानिन्दोरमृतशिशिराञ्जालमार्गप्रविष्टान्

पूर्वप्रीत्या गतमभिमुखं संनिवृत्तं तथैव।

चक्षुः खेदात्सलिलगुरुभिः पक्ष्मभिश्छादयन्तीं

साभ्रेऽह्नीव स्थलकमलिनीं न प्रबुद्धां न सुप्ताम्॥

མིག་ནི་མཆི་མ་མང་པོ་རྣམས་ཀྱིས་གདུངས་ལས་རྫི་མ་རྣམས་
ཀྱིས་བཀབ་པར་བྱས་ནས་ནི།།

ཟླ་བའི་ཆང་པའི་འོད་ཟེར་བདུད་རྩི་བསིལ་བ་རྣམས་ནི་དྲ་མིག་
ནང་ན་ཞུགས་པ་ན།།

བཀབ་པ་བསལ་ཏེ་མངོན་དུ་འོངས་ནས་དང་པོར་དགའ་འགྱུར་
ལྡོག་པ་ན་ནི་དེ་བཞིན་ཉིད།།

སྤྲིན་དང་བཅས་པའི་ཉིན་མོ་ས་ལ་གནས་པའི་པདྨ་རྒྱས་མིན་
ཟུམ་པ་མ་ཡིན་བཞིན།།

月华从天窗流泻而入 1
清凉恍如不死仙露 2
怀着往日的柔情 3
一触目却闭目 4
倦怠了 泪水濡湿长睫 5
像阴郁天空下的旱莲 6
没有蔫谢也没有展颜 7

4 闭目：saṃnivṛttam，直译：“退缩”。这里据瓦喇钵提婆的《难语释》译出：netranimīlanāt prabodhābhāvo nidrābhāvaś ca svāpaśūnyatayā |（Cv：47）。

6 旱莲：Sthalakamalinī，学名 *Hibiscus mutabilis*，要在白昼阳光的照耀下才会开放，此时云遮住了阳光，所以旱莲不开放，因为尚未入夜，所以也没有敛合。

सा संन्यस्ताभरणमबला पेलवं धारयन्ती

शय्योत्सङ्गे निहितमसकृद्दुःखदुःखेन गात्रम्।

त्वामप्यस्रं नवजलमयं मोचयिष्यत्यवश्यं

प्रायः सर्वो भवति करुणावृत्तिरार्द्रान्तरात्मा॥

མཛེས་མ་དེ་ནི་རྒྱན་རྣམས་ཡང་དག་བཞག་ཅིང་ལུས་ནི་ཤིན་ཏུ་ཕྲ་བ་འཛིན་བྱེད་ཅིང་།།

གདུང་བའི་སྡུག་བསྔལ་དག་གིས་མལ་སྟན་སྟེང་ན་ཡང་དང་ཡང་དུ་འདྲེ་ལྡོག་བྱེད་པ་ན།།

ཁྱོད་ཀྱང་འཕྲལ་ལ་ཆུ་ཡི་རང་བཞིན་མཆི་མ་འཛག་པ་ཉིད་དུ་འགྱུར་བ་གདོན་མི་ཟ།།

ཕལ་ཆེར་ཐམས་ཅད་ནང་གི་བདག་ཉིད་བརླན་པ་སྙིང་རྗེ་ཅི་ཡང་འཇུག་པར་འགྱུར་བ་ཉིད།།

释去了装饰 憔悴的她
反反复复
痛苦地置身在地榻
这定会让你
也落下新雨的泪滴
因为凡性情慈悯的
中心便柔软

जाने सख्यास्तव मयि मनः संभृतस्नेहमस्माद्

इत्थंभूतां प्रथमविरहे तामहं तर्कयामि।

वाचालं मां न खलु सुभगंमन्यभावः करोति

प्रत्यक्षं ते निखिलमचिराद्भ्रातरुक्तं मया यत्॥

ཀྭ་ཡེ་གྲོགས་པོ་ཁྱོད་ཀྱི་གྲོགས་མོ་བདག་ལ་མཛའ་བ་མང་དུ་འཛིན་པ་བདག་གིས་ཤེས།།

དེ་ཕྱིར་དེ་ལྟར་གྱུར་པ་རྣམས་ནི་དང་པོར་བྲལ་ལ་དེ་ནི་བདག་ལ་སེམས་པར་བྱེད།།

སྐལ་བཟང་ནང་གི་བསམ་པ་དག་གིས་བརྗོད་པ་ངེས་པར་བརྫུན་མིན་བདེན་པར་ཤེས་པ་ནི།།

བདག་གིས་གང་གང་བརྗོད་པ་མ་ལུས་ཡུན་རིང་མིན་པར་ཁྱོད་ལ་མངོན་སུམ་ཉིད་དུ་འགྱུར།།

我知道你的好友
心中满怀对我的爱意
我担心在初次的离别
她会如此伤怀
兄弟！
我不是出于自我陶醉而烦言渲染
我所说的不久都会出现在你眼前

1 你的好友：sakhyās tava，指夜叉的妻子。

4 如此伤怀：itthaṃbhūtām，直译：“变成这样”，指前面所描述的夜叉妻子在别后的种种憔悴的情状和凄清的处境。

रुद्धापाङ्गप्रसरमलकैरञ्जनस्नेहशून्यं

प्रत्यादेशादपि च मधुनो विस्मृतभ्रूविलासम्।

त्वय्यासन्ने नयनमुपरिस्पन्दि शङ्के मृगाक्ष्या

मीनक्षोभाच्चलकुवलयश्रीतुलामेष्यतीति॥

ལན་བུ་རྣམས་ཀྱིས་མིག་ཟུར་གཉིས་པོ་གཡོ་བ་འགོག་ཅིང་
མིག་སྨན་བྱུགས་པས་གཏོར་བ་དང་།།

ཉེས་པར་བྱེད་པ་ནམ་ཡང་མེད་པར་གྱུར་ལས་སྨིན་མའི་རྣམ་
འགྱུར་བརྗེད་པར་གྱུར་ན་ཡང་།།

ཁྱོད་ནི་ཡོངས་ལ་རི་དྭགས་མིག་ཅན་འདྲེན་བྱེད་སྟེང་ནི་གཡོ་
བར་བྱེད་པར་བདག་གིས་ཤེས།།

གང་ཞིག་ཉ་ཡིས་བསྐྱོད་ལས་ཆུ་སྐྱེས་གཡོ་བའི་དཔལ་ནི་འཛིན་
པར་བྱེད་པ་ཉིད་དང་མཚུངས།།

没有蜜膏的滋润
垂落的发梢间阻
拒却醇酒忘掉挑弄纤眉的美目
不能流转到眼角
你近前时
鹿眼女仰起的眼眸
媚如游鱼掠动的芰荷

3 拒却醇酒忘掉挑弄纤眉的美目：pratyādeśād api ca madhuno vismṛtabhrūvilāsam，夜叉远离，妻子不再饮酒，她妩媚的眼眸也忘掉了舞弄纤眉传达情愫。

6 仰起的眼眸：uparispandi，眼珠向上流转：upary ūrdhvabhāge spandate sphuratīty uparispandi |（Cм：72）。这是愿望得以实现的征兆。有的认为特指左眼（Cd：58）

वामश्चास्याः कररुहपदैर्मुच्यमानो मदीयैर्

मुक्ताजालं चिरपरिचितं त्याजितो दैवगत्या।

संभोगान्ते मम समुचितो हस्तसंवाहनानां

यास्यात्यूरुः सरसकदलीस्तम्भगौरश्चलत्वम्॥

དེ་ཡི་བདག་གི་ལག་པའི་སེན་མོའི་རྗེས་ནི་མེད་ཅིང་མུ་ཏིག
རྣམས་ཀྱི་དྲ་བ་ནི།།

ཡུན་རིང་ཉིད་ནས་འདོར་བར་བྱས་པར་གྱུར་ཅིང་ལོངས་སྤྱོད
ཉིད་ཀྱི་རྫོགས་པའི་མཐར་ཐུ་ནི།།

བདག་གི་ལག་པ་རྣམས་ཀྱིས་མཉེས་པར་བྱས་པ་མེད་ཀྱང་ཁྱོད་
འོངས་སྐལ་བཟང་དབང་གིས་ནི།།

དེ་ཡི་ཆུ་ཤིང་གསར་པའི་སྡོང་པོ་དཀར་བའི་བརླ་ཡང་གཡོན་
པ་གཡོ་བ་ཉིད་ནི་ཐོབ།།

我的甲痕已然消退
因为命运也解去了
久已熨贴的珍珠络
熟稔欢爱后我的揉抚
她盈润的芭蕉树一般
洁白坚实的左腿
会微微地颤动

1 甲痕：kararuhapadaiḥ，夜叉和妻子欢爱时留下的指甲印记。

तस्मिन्काले जलद यदि सा लब्धनिद्रासुखा स्याद्

अन्वास्यैनां स्तनितविमुखो याममात्रं सहस्व।

मा भूदस्याः प्रणयिनि मयि स्वप्नलब्धे कथंचित्

सद्यः कण्ठच्युतभुजलताग्रन्थि गाढोपगूढम्॥

ཀཱ་ཡེ་ཆུ་འཛིན་དེ་ལ་དེ་ཡི་དུས་སུ་གལ་ཏེ་བདེ་བའི་གཉིད་ནི་ཐོབ་གྱུར་ན།།

དེ་ཚེ་ཁྱོད་ནི་ཐུན་ཚོད་བར་དུ་སྒྲ་སྒྲོག་མིན་པར་ལྷན་ཅིག་དག་ཏུ་གནས་པར་མཛོད།།

དེ་ཡི་བདག་པོར་གྱུར་པ་བདག་ལ་དཀའ་ཚེགས་ཆེན་པོས་ཐོབ་པར་གྱུར་པའི་རྨི་ལམ་ནི།།

མགྲིན་པར་ལག་པའི་འཁྲི་ཤིང་དག་གིས་ཆེ་བར་འཁྱུད་པའི་མདུད་པ་འཁྲུལ་ལ་གཏོང་བར་བྱེད།།

如果那时她已经怡然入梦
布雨！请你止住雷吟
立在她身旁
静默一个时辰
她在梦中见到了心爱的我
别让拥紧的臂藤
突然从颈间滑落

तामुत्थाप्य स्वजलकणिकाशीतलेनानिलेन

प्रत्याश्वस्तां सममभिनवैर्जालकैर्मालतीनाम्।

विद्युद्गर्भे स्तिमितनयनां त्वत्सनाथे गवाक्षे

वक्तुं धीरस्तनितवचनैर्मानिनीं प्रक्रमेथाः॥

རང་གི་ཆུ་ཡི་ཐིགས་པ་བསིལ་བས་བསྐྱོས་པའི་རླུང་གིས་མ་
ལ་ཏི་ཡི་རྣམས་ཀྱི་ནི།།

ཤིན་ཏུ་གཞོན་པའི་མེ་ཏོག་བཅས་པ་དེ་ནི་སླར་ནས་ཀྱང་ནི་དེ་
ཡི་དབུགས་དབྱུང་མཛོད།།

ཁྱོད་ནི་གློག་གིས་འདྲེན་བྱེད་གཡོ་བ་ཁྱོད་བདོག་གླང་མིག་དང་
མཚུངས་གནས་སུ་གནས་བྱས་ནས།།

ཁེངས་ལྡན་མ་ལ་འབྲུག་དབྱངས་ཚིག་ནི་སྙན་པའི་བརྗོད་པ་
ཁྱོད་ཀྱིས་ཡང་ཡང་རྩོམ་པར་མཛོད།།

你用雨滴清凉的风

唤醒一簇簇新茉莉

唤醒业已苏息的她

藏起闪电 就停在窗边

用沉稳的音声

你和凝神注目

矜持的她说话

भर्तुर्मित्रं प्रियमविधवे विद्धि मामम्बुवाहं

तत्संदेशान्मनसि निहितादागतं त्वत्समीपम्।

यो वृन्दानि त्वरयति पथि श्राम्यतां प्रोषितानां

मन्द्रस्निग्धैर्ध्वनिभिरबलावेणिमोक्षोत्सुकानि॥

ཀྱ་ཡེ་ཁྱོད་ལྷན་ཅུ་བཞོན་མིང་ཅན་བདག་ནི་ཧྲེ་ཡི་གྲོགས་བཟང་
ཡིན་པར་ཤེས་པར་མཛོད།།

དེ་ཡི་ཕྲིན་སྙན་ཡིད་ལ་གཟུང་ནས་ཁྱོད་ཀྱི་དྲུང་དུ་ཉེ་བར་འོངས་
པར་གྱུར་པ་ཉིད།།

བདག་གི་སྒྲ་ནི་བསྒྲགས་ཚེ་ལམ་བགྲོད་དུབ་པའི་ཚོགས་རྣམས་
སྒོ་ཡི་ནང་དུ་འགྲོས་པར་བྱེད།།

སྙན་པའི་སྒྲ་དབྱངས་རྣམས་ཀྱིས་བུད་མེད་ལན་བུ་འགྲོལ་ཞིང་
འདོད་པས་གཟིར་བ་མཚོན་པར་བྱེད།།

幸运的！ 1

我 载雨 2

用沉缓的音声催促那旅途困惫 3

想要归家解开妻子发辫的行人 4

我是你丈夫的好友 5

心里记着他的讯息 6

把它带到你的面前 7

इत्याख्याते पवनतनयं मैथिलीवोन्मुखी सा

त्वामुत्कण्ठोच्छ्वसितहृदया वीक्ष्य संभाव्य चैव।

श्रोष्यत्यस्मात्परमवहिता सौम्य सीमन्तिनीनां

कान्तोदन्तः सुहृदुपनतः संगमात्किंचिदूनः॥

ཅེས་པ་དེ་སྐད་བཤད་ཚེ་དྲི་བཞོན་བུ་ནི་མི་ཐི་ལ་ཡི་བུ་མོས་
མཐོང་བ་བཞིན།།

དེ་ནི་དགའ་བདེའི་སྙིང་གིས་ཁྱོད་ལ་མངོན་ཕྱོགས་བལྟ་ཞིང་
བདེན་པ་ཉིད་དུའང་ངེས་པ་ཉིད།།

ཀྱ་ཡེ་གྲོགས་བཟང་དེ་ནས་ལེགས་པར་གནས་ལ་གཞན་ཡང་
ཉན་འདོད་སྐྲ་ལྡན་མ་རྣམས་ནི།།

བདག་པོའི་ཚིག་ནི་སྙིང་གྲོགས་དག་གིས་ཁྱེར་འོངས་གྱུར་ལས་
ཕྲད་པ་ལྷག་མར་ལུས་པ་ཉིད།།

这样说罢 她抬起头
像米底拉王的女儿对风之子
怀着被渴望激动的心
她会注视你向你致礼
然后凝神倾听 密友!
对于女子 好友带去的
爱人讯息 不亚于相聚

2 米底拉王的女儿：Maithilī，罗摩的妻子悉达。

风之子：Pavanatanaya，猴王哈鲁曼，他为悉达带去罗摩的讯息。

तामायुष्मन्मम च वचनादात्मनश्चोपकर्तुं

ब्रूया एवं तव सहचरो रामगिर्याश्रमस्थः।

अव्यापन्नः कुशलमबले पृच्छति त्वां वियुक्तः

पूर्वाशास्यं सुलभविपदां प्राणिनामेतदेव॥

ཀཱ་ཡེ་ཚེ་ལྡན་བདག་གི་ཚིག་དང་ཉིད་ཀྱི་ཀྱང་ནི་དེ་ལེ་ཕན་པའི་
ཆེད་དུ་ནི།།

ཁྱོད་ཀྱི་རྒྱལ་པོ་མཆོག་ནི་རྒྱལ་པོ་རཱ་མའི་རི་ཡི་གནས་ན་གནས་
ཤིང་འཚོ་བ་ཉིད།།

ཁྱོད་ནི་སྤངས་པར་གྱུར་ལ་ཀཱ་ཡེ་མཛེས་མ་དགེ་འམ་འདྲི་ཞེས་
དེ་ལྟར་སྨྲ་བར་མཛོད།།

གང་ཕྱིར་སྐྱེ་བོ་རྣམས་ནི་བྱེད་པ་ཉམས་ལ་དང་པོར་དེ་འདྲའི་
དབུགས་དབྱུང་བྱེད་པ་ཉིད།།

长寿的！
带去我的讯息给她
你也成就自己
就说："娇弱的女子！
你远别的爱人在罗摩山的静修林
他平安无恙 问询你平安"
有情都容易凋陨 所以先这样祝愿

7 有情：prāṇin，直译："有气息的"，指生灵，有气血的生灵都很脆弱，所以在见面首先问询平安。

अङ्गेनाङ्गं तनु च तनुना गाढतप्तेन तप्तं

सास्रेणास्रद्रवमविरतोत्कण्ठमुत्कण्ठितेन।

उष्णोच्छ्वासं समधिकतरोच्छ्वासिना दूरवर्ती

संकल्पैस्तैर्विशति विधिना वैरिणा रुद्धमार्गः॥

ལུས་ཀྱི་ནང་ན་ཤིན་ཏུ་ཕྲ་བས་ཕྲ་གྱུར་དང་ནི་ཤིན་ཏུ་གདུངས་པས་གདུངས་གྱུར་དང་།།

མཆི་མ་འཛག་པས་མཆི་མ་འཛག་གྱུར་ཆེ་བར་ཕྲད་འདོད་ཉིད་ཀྱིས་ཕྲད་འདོད་མཆོག་ཏུ་གྱུར།།

དབུགས་དྲོན་ཤུགས་རིངས་ལྷགས་པས་དབུགས་དྲོན་ཤུགས་རིངས་མཆོག་ཏུ་ལྷགས་གྱུར་རིང་ན་འཛུག་པ་ཅན།།

བསོད་ནམས་ཆོམ་རྐུན་དག་གིས་ལམ་བཀག་གྱུར་ཅིང་དེ་རྣམས་ཡིད་ལ་སེམ་ཞིང་འཛུག་པ་ཡིན།།

他在远地
逆运阻住归程
瘦 焦恼 含着泪
不停企盼 呼出热气息
想和唏嘘灼热翘首以望
珠泪盈盈烦热扰恼
已然瘦却的你交融

शब्दाख्येयं यदपि किल ते यः सखीनां पुरस्तात्

कर्णे लोलः कथयितुमभूदाननस्पर्शलोभात्।

सो ऽतिक्रान्तः श्रवणविषयं लोचनाभ्यामदृष्टस्

त्वामुत्कण्ठाविरचितपदं मन्मुखेनेदमाह॥

གྲོགས་མོའི་མདུན་དུ་དེ་ཡི་རྣ་བ་ལ་ནི་ཁྱོད་ཀྱི་གདོང་ནི་རེག་
པར་ཐོབ་གྱུར་པས།།

ཁྱོད་ཀྱིས་གང་ཡང་གསུས་པའི་གཏམ་གྱིས་ཆེད་དུ་གྱུར་པའི་ཚེ་
བའི་སྒྲ་འདི་བརྗོད་པར་འོས།།

གང་དེ་རྣ་བའི་ཡུལ་ལས་ཤིན་ཏུ་གང་ཡང་འདས་ཤིང་མིག་
དག་གིས་ནི་མཐོང་བྱ་མིན།།

ཁྱོད་དང་དགའ་བས་ཕྲད་འདོད་གྱུར་ཞེས་བདག་གི་ཁ་ཡིས་
ཚིག་འདི་ཟེར་ཞེས་སྨྲ་བར་མཛད།།

能在你女伴前说的话 1

着急想要亲你的脸 2

他到你耳畔低语 3

如今倾耳听不见 4

运目也看不见 5

他衷情的话语 6

让我告诉你 7

श्यामास्वङ्गं चकितहरिणीप्रेक्षिते दृष्टिपातं

वक्रच्छायां शशिनि शिखिनां बर्हभारेषु केशान्।

उत्पश्यामि प्रततुषु नदीवीचिषु भ्रूविलासान्

हन्तैकस्थं क्वचिदपि न ते चण्डि सादृश्यमस्ति॥

འཁྲི་ཤིང་འགའ་ལ་ཡན་ལག་མཛེས་པ་འཛིགས་བཅས་རི་དྭགས་
མོ་ལ་མིག་མཛེས་གཡོ་བ་མཐོང་།།

འགྲམ་པའི་མཛེས་འོད་རི་བོང་ཅན་ལ་སྐྲ་རྣམས་གཙུག་ཕུད་
ཅན་གྱི་མཇུག་སྒྲོའི་ཚོགས་ལ་མཐོང་།།

སྨིན་མའི་རོལ་སྒེག་མཛེས་པ་རྣམས་ནི་ཆུ་ཀླུང་རླབས་ཕྲེང་ཕྲ་
མོ་རྣམས་ལ་རབ་ཏུ་མཐོང་།།

ཨེ་མ་གཅིག་ཏུ་ཚོགས་པ་དང་ལྡན་གཡོན་མིག་ཁྲོད་དང་མཚུངས་
པ་འགའ་ཡང་ཡོད་མ་ཡིན།།

在芎䓖蔓里看到你的娇躯
在扑闪的驯鹿眼里 你的顾盼
在皎月里 你的面容
在孔雀翎羽里 你的发缕
在袅袅瘦浪里 你的颦眉
含嗔的！没有一处
可以和你相媲

1 芎䓖蔓：Śyāmā，一种白色的藤蔓。

त्वामालिख्य प्रणयकुपितां धातुरागैः शिलायाम्

आत्मानं ते चरणपतितं यावदिच्छामि कर्तुम्।

अस्त्रैस्तावन्मुहुरुपचितैर्दृष्टिरालुप्यते मे

क्रूरस्तस्मिन्नपि न सहते संगमं नौ कृतान्तः॥

ཁྱོད་ནི་རྡོ་ལེབ་གཞི་ལ་ཁམས་ཀྱི་ཚོན་རྣམས་ཀྱིས་ནི་དགའ་
དང་ཁྲོ་བས་ལེགས་བྲིས་ཏེ།།

དེ་རྗེད་རྫོགས་ནས་འདོད་པ་བྱ་བའི་ཆེད་དུ་ཁྱོད་ཀྱི་ཞབས་དྲུང་
ལྷུང་བར་གྱུར་པ་ན།།

ཚིག་ལན་མ་བྱུང་བདག་ལ་མཆི་མ་མང་པོ་ཡང་ཡང་བྱུང་བས་
བྲུབས་པས་མིག་ལ་འགྲོ།།

དེར་ཡང་བདག་ཅག་གཉིས་ནི་ལྷན་ཅིག་འགྲོགས་པའི་སྐལ་བ་
མེད་པ་ཉིད་དུ་གྱུར་པ་བཞིན།།

我用红垩在片岩上描画出
因为柔情而怀着嗔怒的你
想再画我自己
匍匐在你脚边
可涌动的泪水模糊了视线
冷酷的命运甚至不能容忍
我们在这里相聚

मामाकाशप्रणिहितभुजं निर्दयाश्लेषहेतोर्

लब्धायास्ते कथमपि मया स्वप्नसंदर्शनेषु।

पश्यन्तीनां न खलु बहुशो न स्थलीदेवतानां

मुक्तास्थूलास्तरुकिसलयेष्वश्रुलेशाः पतन्ति॥

ཁྱོད་ནི་བདག་གི་རྨི་ལམ་དག་ཏུ་འོངས་ཤིང་ཐོབ་པ་ཅི་ཡང་
མཐོང་བར་གྱུར་པ་ན།།

ཁོ་བོས་དམ་དུ་འཁྱུད་པར་བྱ་བའི་ཆེད་དུ་ནམ་མཁའ་དག་ལ་
ལག་ཡུགས་བྱས་པ་ནི།།

ས་ལ་གནས་པའི་ནགས་ཀྱི་ལྷ་རྣམས་ཀྱིས་ནི་ངེས་པར་མ་མཐོང་
མ་ཡིན་མང་པོ་རུ།།

མུ་ཏིག་བརྒྱུས་པ་བཞིན་དུ་ཤིང་གི་ཡལ་ག་རྣམས་ལ་མཆི་མའི་
དུམ་བུ་ལྷུང་བར་གྱུར།།

为拥紧梦境里

苦苦寻到的你

我向虚空伸出双臂

见到的神灵们

多半也会掉泪

像一串浑圆的珍珠

散在柔嫩的叶卷里

भित्वा सद्यः किसलयपुटान्देवदारुद्रुमाणां

ये तत्क्षीरस्त्रुतिसुरभयो दक्षिणेन प्रवृत्ताः।

आलिङ्ग्यन्ते गुणवति मया ते तुषाराद्रिवाताः

पूर्वं स्पृष्टं यदि किल भवेदङ्गमेभिस्तवेति॥

དེ་ཝ་དཱ་རུའི་ལྗོན་པ་རྣམས་ཀྱི་ཡལ་གའི་འདབ་མ་རྣམས་ནི་
འཕྲལ་དུ་བཅད་བྱས་ནས།།

དེ་རྣམས་ཀྱི་ནི་འོ་མ་འཛགས་པའི་དྲི་བཟང་དང་ལྡན་ལྷོ་ནས་
ཞུགས་པའི་དྲི་བཞོན་རྣམས།།

གང་ཞིག་བདག་གིས་དང་པོར་རབ་ཏུ་འཁྱུད་དོ་ཀྱཱ་ཡེ་ཡོན་ཏན་
ལྡན་མ་དེ་རྣམས་ནི།།

གངས་ཀྱི་རི་ལ་གལ་ཏེ་སྔོན་ན་ཁྱོད་ཀྱི་ལུས་ལ་རེག་པ་ངེས་
པར་འགྱུར་རོ་ཅེའོ།།

它南行
只一瞬
摧开松木的芽蕾
染了松脂的芬芳
有德的！
我拥抱这从雪山来的风
兴许先前它触过你肢体

3 它南行：ye ... dakṣiṇena pravṛttāḥ，从喜马拉雅山向南方吹送的风。夜叉伸臂拥抱这风，因为它先前可能拂过自己的妻子。

3 松木：Devatāru，学名 *Pinus deodar*。

संक्षिप्येत क्षण इव कथं दीर्घयामा त्रियामा

सर्वावस्थास्वहरपि कथं मन्दमन्दातपं स्यात्।

इत्थं चेतश्चटुलनयने दुर्लभप्रार्थनं मे

गाढोष्माभिः कृतमशरणं त्वद्वियोगव्यथाभिः॥

ཐུན་གསུམ་ཅན་མ་ཐུན་རིང་གྱུར་པ་སྐད་ཅིག་བཞིན་དུ་སྡུད་པ་
ཇི་ལྟར་ཡིན།།

ཉིན་པར་ཡང་ནི་གནས་སྐབས་ཀུན་ཏུ་ཅུང་ཟད་ཅུང་ཟད་གདུང་
བའང་ཇི་ལྟར་གྱུར་པ་ཡིན།།

ཀྭ་ཡེ་འདྲེན་བྱེད་གཡོ་བ་དེ་ལྟར་གྱུར་པས་བདག་གི་སེམས་ནི་
དོན་གཉེར་སྐལ་པ་དམན་པར་གྱུར།།

ཚོད་དང་བྲལ་བའི་གདུང་བ་མང་པོ་རྣམས་དང་ཚེ་བའི་སྡུག་
བསྔལ་རྣམས་ཀྱིས་བརྟན་པར་མིན་པར་བྱས།།

漫漫长夜 1
如何能凝缩如一瞬 2
白昼时分 3
如何能只些许痛楚 4
美目的人! 5
与你分别的烦热扰恼 6
让我困顿如斯的心没有依靠 7

नन्वात्मानं बहु विगणयन्नात्मना नावलम्बे

तत्कल्याणि त्वमपि सुतरां मा गमः कातरत्वम्।

कस्यात्यन्तं सुखमुपनतं दुःखमेकान्ततो वा

नीचैर्गच्छत्युपरि च दशा चक्रनेमिक्रमेण॥

བདག་ནི་ཞག་གྲངས་མང་པོའི་བདག་ཉིད་བགྲང་ཞིང་ནང་གི་
བསམ་པས་མི་འཆི་བར་ནི་ཤེས།།

ཀཱ་ཡེ་དགེ་ལེགས་ལྡན་མ་ཁྱོད་ཀྱང་སྐྱོ་ངན་མང་པོ་ཤིན་ཏུ་བྱ་
བ་མ་ཡིན་ཏེ།།

བདེ་བ་མཐའ་གཅིག་ལྡན་པ་སུ་ཡིན་རྟག་ཏུ་སྡུག་བསྔལ་མཐའ་
གཅིག་པ་ཡང་སུ་ཞིག་ཡིན།།

དེ་དག་འཁོར་ལོའི་རྩིབས་ནི་ཅུང་ཟད་འོག་ཏུ་འགྲོ་ཞིང་སྟེང་
དུའང་རིམ་གྱིས་འཁོར་བ་བཞིན།།

可人！ 1

我常常自己思量 2

不会不自我开解 3

因此你不要太过伤怀 4

乐极时苦便来 5

际遇也时否时泰 6

翻转如车轮的边缘 7

शापान्तो मे भुजगशयनादुत्थिते शार्ङ्गपाणौ

मासानन्यान्गमय चतुरो लोचने मीलयित्वा।

पश्चादावां विरहगुणितं तं तमात्माभिलाषं

निर्वेक्ष्यावः परिणतशरच्चन्द्रिकासु क्षपासु॥

ཁྱབ་འཇུག་ལག་འགྲོའི་གནས་ན་གཉིད་ལས་ལངས་ཚེ་རྗེ་བོ་ཁྲོས་པའི་བཀའ་ལུང་རྫོགས་པ་ཉིད།།

དེ་ལ་ཟླ་བ་བཞི་ཡོད་དེ་བར་མིག་ནི་ཟུམ་པར་བྱས་ནས་ཁྱོད་ནི་གནས་པར་མཛོད།།

ཕྱི་ནས་བདག་ཅག་གཉིས་ནི་ཡུན་རིང་བྲལ་བ་ལས་བྱུང་འདོད་པའི་ལོངས་སྤྱོད་དེ་དེ་ཐོབ།།

སྟོན་ཀའི་ཟླ་བ་རྫོགས་པའི་མཚན་མོ་རྣམས་ལ་འདོད་པའི་ལོངས་སྤྱོད་དེ་དག་ལྡན་པར་འགྱུར།།

弓手从蛇床起身
我的诅咒就结束
你闭上眼
度过剩下的四个月
然后我们
在清秋满月的夜畅享
因离别而稠增的愿望

1 弓手：Śārṅgapāṇi，毗湿奴的名号之一。每年雨季，毗湿奴在巨蛇 Ananta 的身上入睡，雨季结束时从蛇床上起身。

भूयश्चाह त्वमसि शयने कण्ठलग्ना पुरा मे

निद्रां गत्वा किमपि रुदती सस्वरं विप्रबुद्धा।

सान्तर्हासं कथितमसकृत्पृच्छतश्च त्वया मे

दृष्टः स्वप्ने कितव रमयन्कामपि त्वं मयेति॥

ཡང་ནི་བརྗོད་པ་སྔོན་ནི་བདག་དང་ཁྱོད་ནི་མལ་སྟན་གནས་ན་
མགྲིན་འཁྱུད་གཉིད་སོང་བས།།

བདག་ནི་འཕྲུལ་ལ་རབ་ཏུ་སད་པར་གྱུར་ནས་ཅི་ཡང་ངུ་བར་
བྱས་པར་གྱུར་པ་ནི།།

ནང་ན་རྒོད་པ་དང་བཅས་ལན་ཅིག་མིན་པར་ཁྱོད་ཀྱིས་བདག་
ལ་དྲི་བ་བརྗོད་པ་ན།།

ཀྱ་ཡེ་གཡོ་མ་འགའ་ཞིག་དང་ཡང་དགའ་བྱེད་རྨི་ལམ་དུ་
མཐོང་ཞེས་པ་བདག་གིས་ཁྱོད་ལ་འདོ།།

他还说 一次你在榻上 1

拥我入眠又醒转 2

为一件事放声哭泣 3

我一再追问时 4

你忍住笑说 薄情的! 5

我在梦中看到 6

你和别人缱绻 7

एतस्मान्मां कुशलिनमभिज्ञानदानाद्विदित्वा

मा कौलीनादसितनयने मय्यविश्वासिनी भूः।

स्नेहानाहुः किमपि विरहे ह्रासिनस्ते ह्यभोगाद्

इष्टे वस्तुन्युपचितरसाः प्रेमराशीभवन्ति॥

དེ་ལས་བདག་ནི་ཁྱོད་ལ་མཚན་མ་བཟང་པོ་སྦྱིན་པར་བྱེད་པ་
ཡིན་པར་རིག་བྱས་ནས།།

ཀཱ་ཡེ་འདྲེན་བྱེད་དཀར་མིན་སྐྱེ་བོ་ངན་པའི་ཚིག་ལས་བདག་
ལ་མི་གུས་འོས་མ་ཡིན།།

གང་ཕྱིར་བྲལ་བས་གདུངས་པ་ལོངས་སྤྱོད་བྲལ་ལ་དེ་རྣམས་
མཛའ་བོའི་བརྗོད་པ་ཅི་ཞིག་ཡིན།།

དངོས་པོ་རྣམས་ནི་མཐོང་ཚེ་མཆོག་ཏུ་དགའ་བའི་རི་ནི་མང་
བའི་ཕུང་པོ་ཉིད་དུ་འགྱུར།།

得到这表记
知道我安健
黑眸子！
不要因为流言就对我忧疑
人们说离别时情爱终会淡漠
其实当无由得享时它们就会在
爱乐的事里累积情味滋生爱意

कच्चित्सौम्य व्यवसितमिदं बन्धुकृत्यं त्वया मे

प्रत्यादेशान्न खलु भवतो धीरतां कल्पयामि।

निःशब्दो ऽपि प्रदिशसि जलं याचितश्चातकेभ्यः

प्रत्युक्तं हि प्रणयिषु सतामीप्सितार्थक्रियैव॥

ཀྭ་ཡེ་གྲོགས་བཟང་ཁྱོད་ཀྱིས་བདག་གི་གཉེན་འདུན་དག་ཏུ་
ཅུང་ཟད་གནས་པ་འདི་བྱས་ནས།།

སླར་ཡང་ཕྱིན་རྣམས་བརྟན་པ་ཁྱོད་ལས་ངེས་པར་བདག་ལ་
འོང་བར་འགྱུར་ཞེས་བདག་སེམས་སོ།།

ཙཱ་ཏ་ཀ་རྣམས་སྒྲ་མེད་པར་ཡང་ཆུ་ནི་སྦྱིན་པར་མཛོད་ཅེས་ཁྱོད་
ལ་ཞུ་བར་སེམས།།

གང་ཕྱིར་སྐྱེ་བོ་རྣམས་ལ་འདོད་པར་གྱུར་པ་རྣམས་ཀྱི་བྱ་བའི་
དོན་ཉིད་ལན་གྱི་ཆོག།

好友！你可愿为我行亲友之谊？
我无法从答复中得知
你坚定的意愿
当被求恳时 你虽然无言
却带水给等雨燕
为请求的人做想要的事
是有德者的应许

1 亲友之谊：bandhukṛtyam，直译："亲友的事情"。夜叉请求云代为传送自己的讯息给妻子，这是应该委托亲友代行的事情。云无言，夜叉无法由此确知他的允诺，但他知道云虽然不说话，却为向他求恳的等雨燕带去洁净的水滴，因此他推断行止高尚的云一定会为自己完成这个心愿。

एतत्कृत्वा प्रियमनुचितप्रार्थनावर्त्मनो मे

सौहार्दाद्वा विधुर इति वा मय्यनुक्रोशबुद्ध्या।

इष्टान्देशान्विचर जलद प्रावृषा संभृतश्रीर्

मा भूदेवं क्षणमपि च ते विद्युता विप्रयोगः॥

ཀྭ་ཡེ་ཆུ་འཛིན་གདུང་ལྡན་བདག་གིས་བརྗོད་པ་བདག་གི་སེམས་
ལ་དོན་གཉེར་དགའ་བ་ཡི།།

ཚོགས་འདི་བྱམས་པར་གྱུར་པ་འམ་རྗེས་སུ་བརྩེ་བའི་བློས་ནི་
འདི་རྣམས་ཀུན་བྱས་ནས།།

ཁྱོད་ཀྱང་འདོད་པའི་ཡུལ་ནི་ཐོབ་ཅིང་མཛེས་པའི་ཆར་སྤྲིན་
ཚོགས་འཛིན་དཔལ་དང་ལྡན་པ་དང་།།

གློག་མ་དང་ཡང་ནམ་ཡང་མི་འབྲལ་གྱུར་ཅིག་དེ་བཞིན་ཀུན་
ཀྱང་དགེ་ཞིང་ཤིས་གྱུར་ཅིག།

或者出于友好情谊 1

或者悲悯我的离居 2

为不情之请的我 3

做完这件事 4

持雨！带着雨季的吉祥 5

你就去你想去的地方 6

一刹那也不要和闪电如此分离 7

7 如此：evam，闪电是云的妻子，夜叉感谢云对自己所作的一切，并且祝愿云任何时候都不会像自己一样和妻子分离。

参考文献

《云使》梵文注释

Cv

瓦喇钵提婆（Vallabhadeva）的《难语释》（Pañjikā）

= Hultzsch 1911

Cd

达克悉瓦答那拓（Dakṣiṇāvartanātha）的《明灯注》（Pradīpa）

= Unni 1984

Cm

摩利那特（Mallinātha）的《更生注》（Sañjīvinī）

= Godbole B.A. & Parab 1890

藏文参考书

Dor zhi gdong drug snyems blo 1988

dPa' ris Dor zhi gdong drug snyems blo: snyan ngag sPrin gyi pho nya'i tshig 'grel' go bde ngag rig kun da'i zla zer zhes bya ba bzhugs so（《〈云使〉浅释》），Mi rigs dpe skrun khang（民族出版社）。

Nor brang o rgyan 2004

Nor brang o rgyan: sPrin gyi pho nya'i 'grel pa ngo mtshar dga' ston（《〈庆云使者〉注解》），Krung go'i bod rig pa dpe skrun khang（中国藏学出版社）。

中文参考书

金克木 1999a

金克木：《梵竺庐集　甲　梵语文学史》，南昌，江西教育出版社，1999 年（第一版）。

金克木 1999b

金克木：《梵竺庐集　乙　天竺诗文》，南昌，江西教育出版社，1999 年（第一版）。

黄宝生 1999

黄宝生：《印度古典诗学》，北京，北京大学出版社，1999 年（第一版，2001 年重印）。

西文参考书

Beckh 1907

Hermann Beckh: *Die Tibetische Übersetzung von Kālidāsas Meghadūta. Nach dem Roten und Schwarzen Tanjur herau-sgegeben und ins Deutsche Übertragen von Hermann Beckh.* Berlin: Verlag Der Königl. Akademie der Wissenschaften.

De 1957

Sushil Kumar De: *The Meghadūta of Kālidāsa*. (the 2nd edition, revised by Dr V. Raghavan, 1970) New Delhi: Sahitya Akademi.

Finot 1933

Louis Finot: Kālidāsa in China. *The Indian Historical Quaterly* vol. IX, 829-834.

Gildemeister 1841

J. Gildemeister: *Kalidasae Meghaduta et Śringaratilaka, ex recensione J. Gildemeisteri. Additum est glossarium.* H.B. König: Bonn.

Goodall & Isaacson 2003

Dominic Goodall and Harunaga Isaacson: *The Raghupañcikā of Vallabhadeva. Critical Edition with an Introduction and Notes. Volume I.* Groningen: Egbert Forsten.

Godbole B.A. & Parab 1890

Nārāyaṇa Bālakṛishaṇa Godbole B.A. & Kāshīnāth Pāṇdurang Parab: *The Meghadūta of Kālidāsa, with the commentary (Sañ-jīvinī) of Mallinātha.* (the 3rd edition) Bombay: Nirṇaya-Sāgara Press.

Hultzsch 1911

E. Hultzsch: *Kālidāsa's Meghadūta, edited from manuscripts with the commentary of Vallabhadeva and provided with a complete Sanskrit-English vocabulary.* (1998 edition) New Delhi: Munshiram Manoharlal Publishers Pvt Ltd.

Kale 1974

M.R. Kale: *The Meghadūta of Kālidāsa, text with Sanskrit commentary of Mallinātha, English translation, notes, appendices and a map.* (the 8th edition) Delhi: Motilal Banarsidass Publishers Private Limited (Reprinted in 1993).

Krishṇamachariar 1909

R.Y. Krishnamachariar: *Meghasandesa of Kalidasa, with the commentary Vidyullata by Purnasaraswati.* Srirangam: Sri Vaṅi Vilas Press.

Stenzler 1874

Adolf Friedrich Stenzler: *Meghadūta, der Wolkenbote, Gedicht von Kālidāsa, mit kritischen Anmerkungen und Wörterbuch, herausgegeben von Adolf Friedrich Stenzler.* Breslau: Max Mälzer.

Unni 1984

N.P. Unni: *Meghasandeśa of Kālidāsa with the commentary Pradīpa of Dakṣiṇāvartanātha.* Delhi: Nag Publishers.

Wilson 1813

Horace Hayman Wilson: *The Meghadūta or Cloud Messenger: a poem in the Sanskrit language.* By Cālidāsa. Translated into English verse [also text], with notes and illustrations. (the 2nd edition, 1843) London: Richard Watts.